KB024329

아무것도 아닌

방구석 생각 일기

아무것도 아닌 아무것들

조항록 지음

달아실

"인간은 생각하는 갈대"라는 블레즈 파스칼의 말은

영원히,

클리셰가 아니다.

나는 생각으로 존재하므로

시시때때로 생각이 끊이지 않는다. 우두커니 계절의 변화를 바라보다 인생의 무상함을 떠올리고, 창밖으로 지나가는 사람들을 내다보다 추억의 한때를 불러낸다. 한창 바쁜 일상에서 문득 여기 아닌 먼 곳을 그리거나, 잠깐의 휴식에도 이러저러한 삶의 고민들로 머릿속은 분주하기 짝이 없다. 잠자면서도 자주 꿈을 꾸니 무의식의 공간마저 생각으로 북적하다.

강물처럼 흘러가는 생각들. 바람처럼 흩어지는 생각들. 불꽃처럼 아주 잠시 어둠을 지우다 이내 사그라지는 생각들. 한 줌의 온기를 가진 생각들. 단 한 줌의 온기도 없는 생각들. 어느 날 나는 그것들을 기록하고 싶었다. 그 생각들이 나를 헛되게 하고 고단하게 하는 망상으로 그치지 않게 잘 정리해 살펴보고 싶었다. 일찍이 "나는 생각한다, 고로 존재한다."라고 하지 않았나. 나 역시 생각함으로써 존재하는 인간의 숙명에 충실하고 싶었다. 남들이 보기에는 아무것도 아닌 생각들이 나에게는 반성이 되고, 시가 되고, 풀썩 주저앉지 않을 격려가 되었다.

생각은 생각할수록 넓어지고 깊어졌다. 생각이 미처 생각하지 못한 것을 생각하게 했고, 생각이 생각을 파고들어 또 다른 나를 발굴했다. 나는 생각하므로 성장했다. 나는 생각 때문에 몹시 괴롭기도 했으나, 생각으로 인해 이해하고 용서할 줄 알았다. 생각해보면, 나는 아무것도 아닌 나였다. 오직 생각 속에서만 나는 의연하고 자존했다. 그러므로 생각하지 않으면 나는 존재할 수 없었다. 밤하늘의 별들처럼 반짝이는 무수한 생각이 나를 지켜내 말 없이 걷게 했다.

이 책에 160가지 생각을 담았다. 이 순간에도 쉼 없이 얽히고설키는 생각의 우주에 비하면 새 발의 피요, 구우일모요, 빙산의 일각이다. 제목 그대로 모두 아무것도 아닌 아무것들일 수 있으나, 나를 비롯한 어느 누구에게는 한번쯤 곱씹어볼 만한 이야기일 것이라고 기대한다. 나와 다른 생각을 가진 독자도 적지 않겠지만 이렇게 생각하는 사람도 있구나, 하고 너그럽게 헤아려주면 좋겠다. 우리는 저마다 각각의 삶을 살아갈 뿐이니까. 자기가 보고 듣고 느끼고 생각하는 대로 단 하나의 생애를 살아낼 뿐이니까.

　160가지 이야기를 다섯 개 장으로 구분했다. 특별한 의미는 아니고 시각, 청각, 후각, 미각, 촉각이라는 오감을 통해 생각이 시작된다고 보았기 때문이다. 한꺼번에 160가지 이야기를 쭉 늘어놓으니 어수선하기도 했고. 글을 마치고 고개 들어 책상을 둘러보니 먼지가 제법 내려앉았다. 할 일을 다 하고 나서 치우자며 오래 미룬 탓이다. 내 머릿속에도, 내 가슴속에도 수십 년째 쌓여가는 생각의 먼지가 뽀얗다.

2023년 늦가을

조항록

차례

Side 3. 맡다

Side 4. 맛보다

Side 5. 느끼다

약사였던 카를 슈피츠베크(1808~1885)는
약이 사람을 치유하듯이
사람의 마음을 치유하는 그림을 그렸다.

관점의 차이

동물원 구경을 하다가 사자 사육장 앞에서 문득 한 가지 생각이 떠올랐다. 지금 관람의 대상은 나인가 사자인가. 내가 사자를 관람하듯이, 사자 역시 나를 관람하는 것은 아닐까. 저 인간은 머리숱이 많지 않은 걸 보니 제법 나이가 들었군. 행색을 보아하니 그저 그런 별 볼 일 없는 인생을 살아온 게 틀림없어. 어이쿠, 대체 뭐가 불만이기에 인상을 찌푸리고 있지? 어쩌면 사자가 나를 위아래로 살피며 이런 생각을 할지 모를 일이었다. 사람만 생각이란 것을 하라는 법은 없지 않은가. 따지고 보면 나도 사자처럼 갇혀 있는 신세나 다름없다. 다만 사자가 갇혀 있는 사육장보다 내가 살아가는 사육장이 조금 넓을 뿐이다.

카를 슈피츠베크, <가난한 시인>, 1839

독주 . 독주 . 독주

　한동안 나의 SNS 상태 메시지는 '독주 . 독주 . 독주'였다. 나 혼자 새기면 될 것이라 굳이 한자까지 덧붙이지 않았지만, 정확히 표현하면 '독주(獨走) . 독주(獨奏) . 독주(獨酒)'였다. 그러니까 '홀로 달리고', '홀로 연주하고', '홀로 술 마시자'는 다짐.

　그랬다. 나는 정말 홀로 살아가고 싶었다. 인생은 결국 혼자야, 라는 동서고금의 깨달음을 제대로 실천해보고 싶었다. 삶의 고비마다 홀로 덩그러니 남겨지는 숙명을 뒤늦게 실감하고 싶지 않았다.

　나는 아무렇지 않게, 단 하나의 고독이길 바랐다.

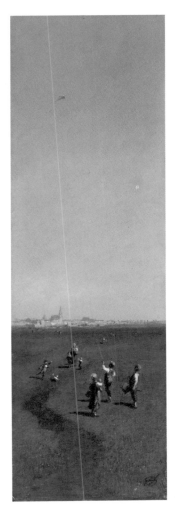

카를 슈피츠베크, <연 날리기>, 1880년경

맨날 반성이야

내가 하루 종일 하는 생각 중 반성의 비중은 얼마나 될까? 분명한 것은, 나이 들어갈수록 그 비중이 점점 커진다는 사실이다. 시집 한 권을 반성으로 다 채워 『반성』을 펴낸 김영승 시인만큼은 아니지만, 나의 반성도 꼬리에 꼬리를 물고 이어질 때가 있다. 내가 왜 너에게 그런 말을 했지, 내가 왜 그 일을 모른 척했나 몰라, 그때 내가 좀 더 너그러웠다면 얼마나 좋았을까, 뭐 그런 반성의 연속이다. 어째서 나의 반성은 퍼내도 퍼내도 줄어들지 않는지. 나중에 내가 노인이 되면, 어디 요양원 담벼락에 쭈그리고 앉아 해바라기나 하다 보면, 하루가 다 반성으로 가득하려나?

나는 반성과 후회가 다르다고 생각한다. 후회는 대부분 자신이 이루지 못한 욕망에 관한 아쉬움이지만, 반성은 어떤 대상 앞에 자신을 낮춰 스스로 꾸짖는 마음이다. 반성에는 실패한 욕망 대신 인간적 성숙이 깃든다.

카를 슈피츠베크, <나비 채집가>, 1840

단 하나 때문에

이 하나가 상했을 뿐인데 잠을 설친다. 손가락 하나를 베었을 뿐인데 온 신경이 거기에 집중됐던 어린 시절 기억과 다르지 않다. 육체의 유기성을 실감하는 순간이다. 1퍼센트의 부정이 99퍼센트의 긍정을 지배할 수 있다는 것을, 1퍼센트의 훼손이 99퍼센트의 건설을 망가뜨릴 수 있다는 것을 깨닫는다.

언뜻 남부러울 것 없어 보이는 이가 스스로 삶을 마감했다. 다른 사람들이 그 선택을 이해하지 못해 고개를 갸웃거린다. 그들은 1퍼센트의 불행이 99퍼센트의 행복을 파괴할 수 있다는 사실을 모른다. 인생은 사칙연산으로 계산하지 못한다. 그보다 훨씬 복잡한 고차원의 탐구로도 실마리조차 찾기 어렵다.

인간은 단 하나의 집착에 삶을 송두리째 쏟아 붓기도 하는 비과학적 존재다. 그렇게 자기가 가진 모든 것을 탕진하고 나서 타오르는 갈증에 숨이 턱턱 막히기도 하는 불합리한 생명이다. 인간은 작은 나사 하나만 빠져도 와르르 무너지고 마는 허술하기 짝이 없는 피조물이다.

카를 슈피츠베크, <천문학자>, 1860

그러면 좋겠지만

　주로 연속극에서 '6개월 후' 아니면 '3년 후' 같은 자막을 보게 된다. 극의 흐름에서 한꺼번에 세월을 건너뛰는 편리한 방식이다. 그 기간이 만약 '20년 후'라면 어린 아들은 아버지가 되고, 어느 동네에는 옛날의 모습이 거의 남아 있지 않다. 생생히 살아 있던 것이 죽고, 세상에 없던 것이 존재하며, 얽히고설킨 사연이 질서를 찾기도 한다. 지난했을 긴 세월이 연속극에서는 한 뼘도 되지 않는다.

　당연한 말이지만, 한 줄 자막으로 고난과 애환을 가로지르는 기적이 인생에는 없다. 오래 갈등하고 시기하던 사람들이 뜬금없이 모여 사이좋게 삼겹살을 구워 먹을 수 없고, 죽을 만큼 괴로웠던 삶이 새날이 밝듯 하루아침에 달라질 수는 없다. 열병이 사라져도 아주 오랫동안 미련이 남고, 아무리 잊으려 해도 기억은 좀처럼 지워지지 않는 법이다. 6개월이든, 3년이든, 20년이든 현실 속 우리는 세월의 갈피에 깃든 모든 고난과 굴욕을 낱낱이 감내해야 한다. 안녕과 희열, 화해 같은 것만 품에 안고 도도히 흐르는 그 강물을 한순간에 건너뛸 수는 없다.

카를 슈피츠베크, <책벌레>, 1850

제 몫의 어리석음

한여름 밤, 길가의 포충등에 수많은 날벌레들이 달려든다. 가로등보다 뜨거운 그 불빛에 날벌레들의 티끌 같은 생애가 치지직 새까맣게 타버린다. 그럴 줄 몰랐을까. 아니, 그럴 줄 알면서도 환한 불빛의 유혹을 외면하지 못했을 것이다. 사람도 그러하니까. 비참과 허무의 결말을 뻔히 예감하면서도 헛것을 향해 돌진하는 어리석음이 모든 살아 있는 것의 숙명이니까.

시골길을 걷다가 한 뼘도 안 되는 육신이 처참히 터지거나 말라붙은 지렁이들을 보았다. 무슨 까닭인지는 몰라도, 지렁이들은 굳이 새벽녘에 산을 기어 내려왔다가 아침나절부터 내리쬐는 햇볕을 피하지 못했겠지. 급히 땅을 헤집었겠지만 마을의 길바닥이 숲의 흙만큼 부드럽지 않았겠지. 땅속으로 겨우 머리를 들이밀다 길 가는 차바퀴에 짓눌리기도 했겠지. 사람이나 미물이나 다르지 않았다. 제 몫의 어리석음을 실현하다 마침표를 찍는 것이 모든 생명의 짧은 문장인가 싶었다.

슬픈 안주

　무더운 여름날, 길가 편의점 앞에 앉아 있는 노인을 보았다. 군살 하나 없이 최소한의 근육만 남은 깡마른 몸이 검붉게 그을린 모습이었다. 때 절은 옷은 남루했고, 땀에 젖은 피부가 햇볕에 번들거렸다. 노인이 앉은 간이 테이블에는 막걸리 한 통이 놓여 있었다. 그것뿐이었다. 술잔과 안주는 없었다. 아니, 가만 보니 노인의 메마른 손이 막대사탕 하나를 들고 있었다. 노인은 막걸리 한 모금을 들이켜고 나서 느리게 막대사탕을 핥았다. 시큼털털한 인생살이에 잠깐의 달콤한 휴식 같았다.

　나는 막대사탕이 술안주가 되는 풍경에서 쉬 눈을 떼지 못했다. 나는 단 한 번도 막대사탕이 안줏감이 될 수 있다는 생각을 해본 적이 없었다. 문득, 쓸쓸했다. 세상에서 가장 슬픈 안주를 곁들인 노인의 입맛이 측은했다. 쓴맛, 신맛, 짠맛 다 지나 노인의 삶이 맛보는 단맛이 겨우 막대사탕 하나인 걸까. 그깟 막대사탕이라도 한번 빨아야 견딜 수 있는 것이 인생인 걸까. 한여름의 태양에 자비는 없었다. 그 열기를 고스란히 받아내야 또 하루를 살았다.

인생 도서관

　"내 인생을 글로 적으면 소설책 몇 권은 될 거야."라고 누가 말했다. 나는 슬며시 미소 지으며 '책은 무슨. 백지 몇 장 채우기도 힘들걸.' 하고 마음으로 삐딱했다. 평소 자기 편리와 욕심에만 충실한 그 사람이 마뜩잖았던 탓이다.

　그러다가 엄마의 유해를 납골당에 모시고 나서 좀 다른 생각이 들었다. 많은 사람들이 자신의 인생을 소설책 몇 권 운운하는데, 거기까지는 몰라도 인간의 삶을 책에 비유하는 것은 꽤 적절하구나 싶었다. 내 눈에 납골당이 도서관으로, 빼곡한 안치단이 거대한 책꽂이로, 저마다의 유골함이 한 권의 책으로 보였기 때문이다. 한 사람의 인생이 한 권의 책으로 정리되어 책꽂이에 가지런히 꽂힌 모습. 그렇다면 별 볼 일 없는 자기 인생을 소설책 몇 권으로 환유하는 과장도 영 어처구니없어 할 일만은 아니겠지. 나는 다만, 납골당의 책들도 도서관의 책들처럼 그 내용과 분량에 굉장한 차이가 있을 것이라고 생각했다.

말하는 것, 말하지 않는 것

말하지 않으면 모른다. 사랑하면 사랑한다고, 미안하면 미안하다고 말해야 상대가 내 생각을 알아준다. 일찍이 석가모니가 제자 가섭에게 말이 아닌 마음으로 불법을 전했다고 하나, 말하지 않아도 아는 것은 평범한 사람들이 이르기 힘든 경지다.

그런데 살다 보면, 말하지 않는 편이 나은 경우도 분명 있다. 말은 구체적이어서 일단 뱉으면 내가 가진 패가 대부분 드러나고 만다. 그에 비해 말없이 표정이나 분위기로 감정을 얼비치면 오히려 상대가 나의 패를 알기 위해 골머리를 앓는다.

"엄마는 아무 말 안 했는데/ 아빠가 슬그머니 설거지를 해요.// 아빠는 아무 말 안 했는데/ 오빠가 큰 소리로 책을 읽어요.// 나는 정말 아무 말도 안 했는데/ 엄마가 나를 꼭 안아주어요.// 우리 식구들이 아무 말 안 했는데/ 강아지 두부가 슬금슬금 눈치를 봐요."「표정으로 말해요」라는 제목으로 내가 쓴 동시다.

밀실의 힘

"그만의 밀실이 가득하다." 내가 시집 『눈 한번 감았다 뜰까』를 냈을 때 어느 문학평론가가 이렇게 썼다. 나는 '밀실'이라는 단어에 눈을 멈췄다. 그것은 멀찍이 지나가버린 나의 이십 대 시절 가슴에 됐던 화두였다.

내가 대학 다닐 무렵만 해도 문학에는 낭만주의의 영향이 짙게 배어 있었다. 모름지기 문청(文靑)이라면 특정한 가치와 일반적 생활 방식에 얽매이지 않는 노마드(nomade) 기질을 가져야 한다고 믿었다. 정주민이 되기를 거부하고 방랑하는 유목민의 삶을 살아야 한다고 생각한 것이다.

그런데 당시 시론(詩論)을 가르쳤던 김승희 시인이 그와 같은 사고의 틀을 깨주었다. 그는 방랑보다 먼저 '밀실의 힘'을 깨닫는 청춘이 되라고 말했다. 가벼이 밖으로 나가기보다 더 깊이 자기 속으로 파고들라는 충고였다. 나는, 완전히 공감했다. 그날 이후 나의 시는 수두룩한 밀실을 만들었다.

내 마음은 저수지

　김동명 시인은 「내 마음은」이라는 작품에서 호수처럼 맑고 고요한 자신의 마음으로 "노 저어 오오"라고 사랑하는 이에게 말했다. 그렇게만 해준다면 "나는 그대의 흰 그림자를 안고/ 옥같이 그대의 뱃전에 부서지리라"라고 다짐했다. 아름다운 이야기다. 마음이 호수 같으니 사랑하는 사람도 그 진심을 헤아려주겠지. 온 정성을 다해 사랑하겠다고 약속했으니 둘의 미래는 해피엔딩이겠지.

　나는 내 마음이 저수지 같다고 생각한 적이 있다. "내 마음은 호수요"가 아니라 '내 마음은 저수지요'였던 것이다. 저수지 안에는 밤낮 물에 젖에 형형한 눈빛을 반짝이는 정체불명이 살았다. 그게 무엇인지 정확히 알 수는 없지만 불안, 결핍, 연민, 분노, 허기, 적막, 질투, 공포 같은 것이 막 뒤섞인 듯했다. 내 마음이 호수 같아지는 날이 오기는 하려나. 나를 위안할 '흰 그림자'는 어디에 있으려나. 나의 저수지는 꽤 수심이 깊었다.

그믐달

달은 지구 주위를 공전하기 때문에 모양이 계속 달라진다. 태양을 기준으로 하면 29.53일 주기인데, 말하나 마나 실제로 그 모양이 달라지는 것은 아니고 다르게 보일 뿐이다. 우리말은 달이 얼마나 차고 기우느냐에 따라 몇 가지 독특한 표현으로 구별한다. 그중에는 초승달과 그믐달이라는 아름다운 낱말도 있다.

초승달과 그믐달은 모양이 닮아 헷갈릴 때가 많다. 둘 다 잘려나간 손톱처럼 생겼으나, 초승달은 오른쪽에서 차오르기 시작하고 그믐달은 오른쪽부터 비워져간다. 오른쪽이 둥근 손톱 모양이 초승달, 왼쪽이 둥근 손톱 모양이 그믐달이라고 할 수 있다. 또한 막 차오르기 시작하는 초승달은 어린 달, 서서히 비워지다가 거의 사라지기 직전인 그믐달은 늙은 달이라고 설명할 수도 있겠다. 그래서일까. 내가 쓴 시 제목 중에 '그믐'은 있어도 '초승'은 없다. 원래 시라는 장르가 비워지고 사라지는 것들에 눈길을 두기 때문이겠지.

가장 좋은 이불

내가 이불을 고르는 기준은 '가볍고 따뜻하고 예쁜' 것이다. 여름 이불이라면 통기성까지 좋아야겠으나, 이불이 지녀야 할 첫 번째 기능은 뭐니 뭐니 해도 보온성이다. 일상에 지친 몸을 가볍고 따뜻하고 예쁜 이불 속에 누이면 더없이 평온한 기분이지 않나. 그런 이불 속이라면 언뜻 인간의 자궁 회귀 본능을 깨우칠 만하다.

내가 인정하는 최고의 이불은 '햇볕이불'이다. 나는 어느 심심한 날 돗자리 깔고 풀밭을 뒹굴다가 문득 그런 생각이 들었다. 햇볕이불이 가장 가볍고, 가장 따뜻하고, 가장 반짝거려 어여쁘구나. 햇볕이불 덕분에 언 땅에서 새싹이 다시 고개를 내밀고, 빨랫줄의 빨래가 식빵같이 바삭하게 구워지는구나. 햇볕이불이 있어 내가 하품하고, 아내가 기지개를 켜고, 아이들이 모락모락 아지랑이같이 피어나는구나. 나는 햇볕이불이 가볍고 따뜻하고 예쁠 뿐만 아니라 가장 착하고, 가장 다정하고, 가장 평화롭다는 생각까지 들었다.

나는 햇볕이불 속에 누워 나의 모든 권태를 한 잔의 차처럼 음미했다.

3월의 눈

3월 중순인데 눈이 내린다. 언제였던가, 나는 4월에 펑펑 쏟아지던 눈도 기억한다. 영영 지나가버렸구나 싶은데 아직 곁에 남아 있는 것들. 3월에 내리는 눈은 여느 눈과 감상이 다르다. 아, 이게 지난겨울이 품고 있던 마지막 눈이겠구나. 그런 쓸쓸함을 머금고 3월의 눈이 흩날린다.

첫눈에는 한 모금의 축복과 설렘이 깃든다. 사람들은 첫눈에 환호하면서 사랑하는 타인과 기쁨을 나누려 한다. 창밖을 봐, 지금 첫눈이 내려, 아이처럼 소리치면서. 첫눈이 내리면 눈앞에 새하얀 가능성이 펼쳐질 것만 같은지. 조심히 발자국을 내딛으면 무엇이든 다시 시작할 수 있는 기회가 생길 것만 같은지.

그런데 3월의 눈은 나를 반성하고 너를 연민하게 한다. 다 지난 계절이라며 섣불리 내 마음을 접을 게 아니었구나. 서둘러 꽃봉오리를 맺은 너는 그리 조급해할 필요가 없었구나. 3월의 눈이, 공중에 쌓인다.

자코메티였던 이유

한때 카카오톡 배경 이미지에 알베르토 자코메티의 사진을 넣어두었다. 흑백 사진 속의 그가 비 오는 날 우산도 없이 담쟁이넝쿨 우거진 건물 앞을 걸어갔다. 그는 입고 있던 트렌치코트를 머리 위로 뒤집어써 제법 굵은 빗줄기를 피했다. 하지만 걸음을 서두르지는 않았다. 한쪽 손으로는 담배를 들고 있는 것처럼 보이기도 했다. 그가 묘한 표정으로 자신을 찍는 누군가를 응시했다.

나는 그 사진에서 번지는 아우라가 마음에 들었다. 가느다란 몽상이 예민하게 우주를 긋는 듯한 그의 조각에 딱 어울리는 모습이라고 생각했다. 흑백 사진 속의 그가 곧 <걷는 사람>이었고 <가리키는 사람>이었다. 인간의 실존을 응축했다는 그의 작품 세계처럼, 한 장의 사진에 차가운 고독이 젖어 있었다. 그날의 그는 어디에서 몸을 말렸을까. 나는 한참 뒤 그것이 사진작가 앙리 카르티에 브레송의 솜씨라는 사실을 알았다.

햇살 취향

많은 사람들이 그렇듯 나 역시 이사할 때면 남향집을 찾았다. 신혼살림을 한 아파트도 남향집이었는데, 한겨울에 방 안을 채우던 햇살의 온기가 가끔 생각나고는 한다. 비록 살림은 변변치 않았지만 그 위로 쏟아지던 밝고 따스한 햇살은 뭔가를 꿈꾸기에 충분했다. 그때의 햇살에서는 문득 향기가 났더랬다.

그런데 나는 언젠가부터 남향집에 대한 애착이 사라졌다. 지금은 서향집에 살고 있는데, 창문으로 스미는 햇살에서 남향집과는 다른 매력을 느낀다. 남향집보다 햇살의 양은 적어도 품질만큼은 손색없다. 서향집 햇살은 오후의 햇살이라 아침과 낮의 햇살보다 부드럽고 조용하다. 오후의 햇살은 비치는 것이 아니라 적시는 것이어서 서정적이기도 하다. 더구나 오후의 햇살이라 느지막이 하루를 시작하는 생명에 안성맞춤이다. 서향집에서 자라는 식물은 남향집에 비해 내성적이라 호들갑스럽지 않다. 햇살도 결국 취향의 문제다.

행복이 뭐기에

행복이란 최상위 레벨의 관념어다. 추상과 공상의 정도가 여느 관념어보다 더 막연한 탓이다. 무엇이 행복인지 관점에 따라 다르고, 실재 여부조차 확신할 수 없다. 하기야 모든 관념어가 애당초 세상에 없던 것이니 그 존재를 부정한들 과이하게 볼 필요는 없겠지.

근래 들어 사람들은 행복을 스스럼없이 소모한다. 그것에 관해 구체적으로 궁리하지 않은 채 어떤 감각이나 감정에서 비롯되는 기분으로 어렴풋이 생각하는 듯하다. 현미경으로 눈송이의 결정을 들여다보지 않고 나뭇가지에 쌓인 눈이 꽃처럼 아름답다고 말하는 식이다. 그렇게 일생을 살아간들 아무 문제는 없겠지. 눈송이의 결정이 어떻든 하얀 꽃밭 같은 설원을 바라보며 행복하다고 느끼면 그만이겠지.

하지만 행복이란 관념어를 무슨 절대적 이데올로기처럼, 종교의 전능한 교리처럼 떠받드는 세태는 좀 수상하다. 행복이란 말이 없을 적에도 많은 사람들이 행복하게 살았을 테니까. 행복이 삶의 필요충분조건도 아닐 것이다.

동굴의 우상

나이가 편견의 축적 지수라는 생각이 들고는 한다. 즉 인간은 생을 살면서 자기 나이만큼 편견을 견고히 쌓아가는 것이 아닐까 하는 의심이다. 그래서 많은 사람들이 세월 갈수록 목소리가 커지고 고집불통으로 변하겠지. 자신의 견해를 되돌아보기보다 자기 합리화에 나서고, 타인의 입장을 이해하기보다 아집에 빠져 함부로 재단의 칼날을 휘두르겠지.

고등학교 윤리 시간에 배운 플라톤의 '동굴의 우상'을 떠올릴 때가 있다. 훗날 프랜시스 베이컨도 인간이 갖는 네 가지 우상 가운데 '동굴의 우상'을 이야기했다. 모두 동굴 안에서 벽을 보고 앉아 등 뒤의 빛에 어른대는 그림자로만 세상 이치를 분별해서는 안 된다는 가르침이다. 그것은 스스로 구속한 생각이며, 실체가 아닌 허상이기 때문이다. 그럼에도 인간은 저마다 동굴에 갇혀 밖으로 나오려고 하지 않는다. 여기에 사람 수만큼 많은 동굴이 있다.

쓸모없음의 쓸모

문학하는 사람들의 자기 합리화에 이따금 등장하는 표현이 '쓸모없음의 쓸모'이다. 문학의 '쓸모없음'이 실리만 따지는 세상을 성찰하게 만드는 '쓸모'를 가진다는 자부심이다. 그 말은 비생산적인 것의 생산, 텅 비어 있는 것의 충만과 다르지 않다. 오래전 문학평론가 김현은 "인간에게 유용한 것은 대체로 그것이 유용하다는 점 때문에 인간을 억압한다. …… 문학은 유용한 것이 아니기 때문에 인간을 억압하지 않는다."라고 이야기했다.

그와 같은 정의를 문학하는 사람들의 말장난쯤으로 폄훼할 수도 있겠다. 글을 쓰면서 살다 보니 말이 앞서 번지르르해지는 부작용을 나 역시 모르지 않는다. 하지만 작금이 극단적인 실용 만능의 시대인 것은 분명하지 않나. 가정 교육부터 대학 교육까지 인간을 '유용지물'로 만드느라 바쁘다. 그런 까닭에 문학에는 거리를 두더라도 '쓸모없음의 쓸모'를 한번쯤 생각해볼 필요는 있겠다.

공기를 먹고 사는 생명

공중식물이란 말을 처음 듣고 각별한 감정을 느꼈다. 영어로는 폭넓게 행잉플랜트(hanging plant)라고 하는 모양인데, 나는 그 중에서도 에어플랜트(air plant)에 관심이 갔다. 식물이 땅이 아니라 공중에서, 그것도 화분에 담은 흙조차 없이 허공에 매달려 살아갈 수 있다는 사실이 놀라웠다.

몇몇 대표적인 에어플랜트 가운데 틸란시아가 있다. 이 식물은 공기 중의 유기물을 먹고 자라며, 수분도 뿌리 대신 잎에 난 잔털로 흡수한다. 뿌리는 거치대 역할을 해 몸을 지탱할 뿐이다. 이 식물은 생명력이 강해 최소한의 물과 광합성만으로도 쉽게 죽지 않는다.

나는 틸란시아가 살아가는 방식이 매우 우아하다고 생각했다. 틸란시아는 기름진 영양분을 좇아 흙속을 헤집지 않으므로 뿌리를 더럽히지 않는다. 땅바닥의 초목들과 뒤엉키느라 악쓰며 허겁지겁 물을 들이켜지도 않는다. 공중에서 공기를 삼켜 배고픔을 달래다니! 틸란시아는 먹고사는 일에 수선스럽지 않은 그야말로 청빈하고 숭고한 삶을 산다.

우울증에 관해

텔레비전 예능 프로그램을 시청하다 보면 출연자의 가식이 영 불편하게 느껴지고는 한다. 어차피 우리의 일상에 가식이 만연하고, 방송이 대개 각본에 따라 진행되는 것을 모르지 않지만, 그래도 지나치게 자신을 분식(粉飾)하는 경우는 혀를 찰 수밖에 없다. 눈물을 소품으로 이용하는 듯한 출연자에게는 화가 나기도 한다. 심지어 요즘은 우울증 같은 질환까지 자신의 정서적 알리바이로 들먹이지 않나.

우울증은 삶을 송두리째 황폐하게 만든다. 우울이 깊은 인간은 아무것도 집착하지 않고 무엇도 질문하지 않는다. 여느 사람들처럼 먹고 말하고 미소 짓지만, 누구도 모르게 자신을 닫아 은밀히 눈물을 쏟는다. 그런 우울을 겪은 이는 공공연히 후일담을 늘어놓지 못한다. 우울이 깊은 인간은 홀로 견디다 단호히 폭발하기 십상이니까. 용케 그 수렁을 빠져나올 수는 있겠으나, 내밀했던 풍경이 침묵의 흉터로 남으니까.

노인이 된다는 것

낡은 유모차를 밀며 힘겹게 길을 가던 노인이 잠시 멈춰 서서 뒤를 돌아본다. 지금까지 지나온 길이 아득하겠지. 무릎이 마르고 등이 굽도록 안간힘 다해 살아온 삶이 날숨을 몰아쉬게 하겠지. 이제 노인의 여정은 막바지에 다다랐지만 그 길이 만만치 않을 것이다. 누구라도 그러하듯, 그의 곁에는 아무도 없다. 오직 자기만 자신을 부축할 수 있는 것이 인생의 속성 아닌가. 노인이 다시 길을 걷는다. 세상은 분주하고, 아직 젊은 사람들이 그를 앞질러 빠르게 나아간다. 그도 한때는 세상의 속도로 살았겠지. 그도 한때는 젊어서 늘 발걸음보다 먼 내일을 꿈꾸었겠지.

노인이 된다는 것은 축복인가, 재앙인가. 일찍 죽은 사람이 누려보지 못하는 환희의 미래인가, 굳이 겪지 않아도 좋을 고통의 성찬인가. 인간은 하루하루 노인을 향해 전진한다. 누구는 머지않아 거기에 이르고, 누구는 거기에도 다다르지 못한다.

발을 연민하다

아이가 발을 조몰락거리면 엄마가 말린다. "에이, 지지! 더럽게 왜 발을 만져?" 하는 식이다. 이상하지 않나. 어째서 자기 손으로 자기 몸 만지는 것이 하지 말아야 할 행동으로 여겨지는가. 겉으로 드러나 있는 우리 몸 어디가 그처럼 차별적 대우를 받을까. 불결하기로 따지면 발보다 손이 더하겠지. 온갖 것 만지는 손이 방바닥을 밟는 발이나 양말 속에 고이 들어 있는 발보다 깨끗할 리 없다. 그럼에도 사람들은 왜 발을 멀리하려 드나.

신체 어느 부위 못지않게 발의 노동은 강도가 세다. 일평생 걷고 또 달리느라 모양이 뒤틀리고 굳은살이 박인다. 축구 선수나 발레리나, 마라토너의 발처럼 치열한 훈련의 과정을 증명하는 경우도 있다. 오랜 시간을 거쳐 투박하게 변해버린 평범한 사람들의 발 역시 지난했던 생의 이력을 대변하지 않나. 그래서 나는 발을 연민한다. 이 발로 여기까지 걸어왔다고, 발뒤꿈치로 숨 쉬고 부어오른 발등 훑으며 이만큼 견뎌냈다고, 나의 발을 연민한다.

유리창이 있어 나는

나는 인류의 위대한 발명품 중 하나로 유리를 손꼽는다. 그것이 있어 유리 창문을 만들었다고 생각하기 때문이다. 자료에 따르면, 대형 판유리 제작은 20세기 들어서야 가능했다고 한다. 그마저 당시에는 가격이 너무 비싸 일부 특권층의 사치품에 그쳤다. 그전에는 소형 공예품이나 스테인드글라스 등에 유리를 사용했을 뿐이다.

이제 유리창 없는 건물은 상상조차 되지 않는다. 창문틀에 나무문을 달거나 문풍지를 대놓아야 한다면 얼마나 답답하고 심심할까. 나는 유리창을 통해 봄이 오는 것을 본다. 하룻밤 새 창문 너머가 푸르러진다. 나는 유리창 덕분에 집 안에 머물면서 집 밖을 관찰한다. 가로등 불빛이 사람들의 늦은 귀가를 밝힌다. 나는 유리창을 적시는 빗물 사이로 음악을 듣는다. 창문 너머가 쓸쓸히 아름답다.

다만, 유리창이 없다면 나는 조금 덜 외롭겠지.

보이지 않아 보이는 것

　나의 사춘기에 가장 친숙한 미디어는 라디오였다. 텔레비전이 있었지만, 질풍노도의 시기를 지나던 아이들은 대개 라디오에 귀를 기울였다. 여럿이 둘러앉아 시청하는 텔레비전에 비해 라디오는 매우 개인적인 문명이었다. 나는 혼자 이불 속에 몸을 묻은 채 라디오에서 흘러나오는 음악에 빠져들고는 했다. 특히 심야 라디오 방송은 사춘기의 불안을 위로하는 묘약이었다.

　라디오를 들으면 아무것도 보이지 않는데 참 많은 것이 보였다. 그때의 DJ들은 시시껄렁하게 수다스럽지 않아, 조용히 시를 읽어주거나 먼 나라에 살았던 아티스트의 삶을 들려주었다. 그들이 틀어주는 음악은 하나같이 오래되었어도 좋은, 오래되어 더 좋은, 오랫동안 더 좋을 명곡이었다. 늦은 밤, 라디오는 나와 세상을 연결해주는 환상의 구름다리였다. 나는 아무것도 보이지 않았지만, 보이는 것보다 훨씬 더 많은 것을 보는 상상을 좋아했다.

평균과 비교

현대인의 키워드를 꼽으라면 '평균'과 '비교'를 이야기할 수 있다. 사람들이 평균이 되기 위해 누군가와 비교하는 삶을 살고 있다는 말이다. 평균의 연봉, 평균의 아파트, 평균의 수명, 평균의 학력, 평균의 여행, 평균의 소비, 평균의 유흥 따위를 좇아 오늘의 사람들은 분주히 달린다. 평균 이상이면 더 바랄 나위 없겠지만, 적어도 평균의 일생을 살아야 손해 보지 않는 기분이다. 일찍이 철학자 쇠렌 키르케고르가 비판한 대중적 삶, '수평화'의 욕구다. 사람들은 평균에 다다르기 위해 자신을 끊임없이 누군가와 비교한다. 그들에게는 절대적 가치보다 비교우위가 중요하다. 비교우위를 갖는 지름길은 경쟁에서 승리하는 것이다. 경쟁의 승리를 증명하는 것은 돈, 성적, 물질, 쾌락, 우월감 등이겠지. 따뜻한 차 한 잔, 다정한 말 한마디, 진심어린 반성, 소박한 기쁨, 헌신하는 정성, 상대를 살리는 거짓말, 나를 버리는 참말, 평생 동안 아끼는 추억, 솔직한 신뢰, 봄날의 저녁 같은 휴식 등은 승리의 증거가 되지 못한다.

혼자 먹는 밥

누구와 함께 차나 술을 마시는 것보다 밥을 먹는 것이 힘들다. 차나 술을 마시는 것에 비해 밥을 먹는 것이 더 일상적인 행위인데도 그렇다. 그래서 나는 반가운 이에게 "언제 식사나 같이해요."라고 쉽게 말하지 않는다. 맨날 얼굴 보는 식구가 아닌 한 마주앉아 입 안으로 숟가락을 들이는 일이 못내 불편하다. 그러니까 나는 식구와 식구 아닌 사람을 까탈스럽게 구별하는 것인데, 그러지 말아야지 하면서도 좀체 고쳐지지 않는 오래된 습성이다.

직장생활의 고역 중 하나가 함께 밥 먹는 일이었다면 어떤가. 나는 점심시간이면 종종 이런저런 핑계를 대 혼자 밥을 먹으러 다녔다. 일부러 회사에서 멀리까지 산책하다가 작은 식당이 보이면 들어가 간단히 허기를 달랬다. 혼자 먹는 밥은 적적했다. 그런데 나는 그때의 고요가 마음에 들었다. 혼자 먹는 밥은 늘 단출했지만, 그때의 단순한 본능이 나는 좋았다. 혼자 먹는 밥이 가벼웠다.

몰입하는 기쁨

점점 몰입하는 것이 쉽지 않다. 각 생애 주기의 차이를 몰입 게이지로도 설명할 수 있지 않을까. 한번 놀기 시작하면 밥때마저 잊고 뛰어다니는 유년이야 말할 것 없고, 청년기의 몰입 게이지만 해도 전속력을 내는 데 부족함이 없다. 그렇게 폭발할 듯하던 몰입 게이지가 세월이 갈수록 졸아드는 것은 안타까운 노릇이다. 그래서 사랑도 공부도 투쟁도 다 때가 있는 법이라고 하겠지. 한번 불타가 일면 천지간을 모조리 태울 것처럼 활활 불타오르는 바로 그때.

몰입이란 무엇 하나를 위해 나머지 전부를 희생할 줄 아는 집중력이다. 무릇 인생의 큰일은 몰입해야 이룰 가능성이 생긴다. 몰입 게이지가 차오를수록 성취의 확률이 높아지는 것이다. 식물의 몰입이 꽃을 피우고 맹수의 몰입이 먹이를 얻는다. 태양의 몰입이 생명을 키우고 밤의 몰입이 에너지를 충전한다. 점점 생각만큼 몰입하기 어렵겠지만, 언제나 나의 몰입이 나를 자존(自尊)하게 한다.

더는 꽃이 아니라서

엄마는 꽃을 좋아했다. 나는 엄마가 사십 대 후반을 지나면서부터 유난히 꽃에 마음을 두는 것을 느꼈다. 엄마는 집에서 화분을 가꾸고, 거실에 꽃 장식을 달고, 달력 같은 데 괜찮은 꽃 사진이 있으면 정성껏 스크랩을 했다.

그런데 세월이 흘러, 이제는 아내가 그처럼 행동하는 게 아닌가. 어디에서 만개한 꽃 군락이라도 보면 얼른 스마트폰을 꺼내 사진을 찍고는 만족스런 미소를 띤다. 아마 우리 집에 마당이 있었더라면 아내는 온통 꽃밭을 만들었을 것이 틀림없다.

나는 중년 여성들의 꽃 사랑에 대해 곰곰이 생각해보았다. 아마도 그들은 자기 생의 화양연화가 지나가버렸다고 여기는 것이 아닐까. 그래서 자신의 한때와 닮은 꽃을 보며 특별한 애착을 갖는 것일까. 자신이 더는 꽃이 아니라고 믿어 꽃에 마음을 빼앗기는 슬픔. 자신이 더는 꽃이 아닌 줄 알아 꽃밭에서 잠시 길을 잃는 미혹. 그렇게 엄마와 아내들은 인생의 한 고비를 넘어가는 듯했다.

우주와 나의 관계

종일 날이 흐리다. 나의 하루가 흐린 날씨처럼 어둡다. 기후의 변화로 산천만 변하는 것이 아니다. 맑은 날의 기분과 흐린 날의 기분이 다르다. 그 이유는 인간이 자연의 일부이기 때문이다. 인간의 생명이 깃든 자연이 우주의 일부이기 때문이다. 물과 대기와 지형 등의 영향에 따라, 항성과 행성의 움직임에 따라, 계절과 절기와 매일의 날씨가 달라지지 않나. 그때마다 나의 삶이 달라지지 않나. 사소할 수 있는 오늘의 내가 지구의 대자연을 넘어 우주까지 닿아 있다.

인간은 다른 생명체들처럼 수소, 탄소, 산소, 질소, 인 같은 원소들로 구성되었다. 그 원소들은 우주의 별들이 생성과 소멸을 반복하며 흩뿌린 먼지로부터 왔다. 그것이 몸의 장기를 만들고 뇌의 신경세포를 형성했다. 우주가 나의 근원인 셈이다. 그래서 나의 하루를 우주가 밝게도, 어둡게도 만든다는 결론이다. 인간은 우주를 잊고 살지만, 우주가 인간 안에 있다.

이끼의 광합성

일생을 성실하게 살아온 어떤 사람이 말했다. 나의 소망은 아무 일도 일어나지 않는 것이다, 아무 일도 일어나지 않게 하려고 안달하는 것이다, 길바닥에 쓰러지지 않으려고 계속 자전거 페달을 밟을 뿐이다, 뒤로 밀려나지 않으려고 쉼 없이 러닝머신을 내달려 오늘도 제자리다, 결코 어떤 변화를 도모하는 것이 아니다, 무엇을 바꾸려는 삶은 이미 추억이 되어버렸다, 라고.

모두가 성취를 바라며 살아가는 것은 아니므로 나는 그의 인생에 아무런 문제가 없다고 생각했다. 어느 때의 인생은 단지 쓰러지지 않고 밀려나지 않으면 그런대로 봐줄 만하지 않나. 여느 날처럼 아침에 눈 떠서 무탈한 하루를 보내다가 얌전히 이불 속에 누울 수만 있어도 다행한 일 아닌가. 욕망의 유효 기간이 길지 않은 사람이 있다. 응달에 비치는 한 줌의 햇살만 있어도 더는 소망하지 않는 사람이 있다. 서늘하고 습한 그늘에서 그가 살아간다.

내가 잃어버린 것들

무엇을 잃어버렸는데 달라지는 것이 없다면 진작 잃어버렸어도 괜찮은 무엇이다. 정말 소중한 것은 단지 하나를 잃어버렸어도 너무 많은 것이 달라지게 마련이므로.

나는 왜 잃어버려도 상관없을 것에 매달리느라 잃어버리면 안 되는 것을 가볍게 여겼을까. 나는 왜 헛것을 바라고 좇느라 정작 소중한 것을 가슴에 품지 못했을까. 그동안 내가 주고받은 술잔은 텅 비어 있었고, 내가 헤매 다녔던 거리는 곳곳이 막다른 골목이었다. 나는 어처구니없게 말이 많았고, 머릿속에는 악천후가 출렁였다. 오래전, 이성복 시인의 작품에서 "기억의 카타콤"이라는 표현을 읽었더랬지. 내가 써놓은 몇 권의 시집은 기억의 카타콤일 뿐이다. 황지우 시인은 "에고가 벌겋게 달아올라 신음했으므로/ 내 사랑의 자리는 모두 폐허가 되어 있다"고 했더랬지. 그 시의 제목은 그러므로 「뼈아픈 후회」일 수밖에 없는 것이다.

나는 지금 무엇을 잃어버려 몹시 슬프고, 무엇을 잃어버렸는데도 아무렇지 않다. 또 다른 나의 어리석음을 깨닫는다.

듣다

독일 표현주의 다리파(브뤼케파)를 이끌었던
에른스트 키르히너(1880~1938)는
나치에 의해 퇴폐 미술가로 낙인 찍히고
오스트리아가 나치에 합병되자
권총으로 생을 마감했다.

내가 없으면

내가 없으면 세상도 없는 거야, 라고 한다면 반은 맞고 반은 틀리겠지. 인류의 역사만 해도 300만 년인데, 그 사이 무수한 사람들이 나고 죽었어도 세상은 언제나 광활히 펼쳐져 있다. 내가 사라진다 해도 틀림없이 세상은 여전할 것이다. 하지만 내가 없는데 그 세상이 다 무슨 소용일까. 내가 사라지면 아무리 크고 많아도 일절 없는 것이나 다름없다. 아무리 밝고 생생해도 적막 속에 까마득한 어둠만 쌓여 있을 따름이다. 그러므로 내가 떠나면 세상은 있는데 없는 것이다.

어쩌면 『구운몽』처럼 여태까지 일조차 전부 꿈은 아닐까. 내가 선계에서 온 성진이거나 장자의 나비라면 이 세상이 헛것일 수 있다. 어디에 또 다른 나와 또 다른 세상이 있을지 알 수 없는 노릇이다. 만에 하나 그렇다면 무엇이 꿈이고 무엇이 꿈이 아닌지, 지금의 내가 진짜 나인지조차 헷갈리는 것부터 문제다.

이런 모든 이야기는 끝없이 덧없다.

에른스트 키르히너, <춤추는 영국인 커플>, 1909

저잣거리 인생

　인간의 어릴 적 성장은 삶의 밑천을 쌓아가는 과정이다. 대체로 스물 몇 살쯤 그 밑천을 기반삼아 저잣거리에 자리를 잡는다. 삶은 이윤을 남기기 쉽지 않은 흥정이다. 앞으로 남고 뒤로 밑지거나 아예 손해만 보다가 판을 접는다. 때로는 정체를 알 수 없는 모리배가 나타나 훼방을 놓기도 한다. 함께하는 인심은 깃털처럼 가볍고, 양심과 신념은 손바닥보다 가볍게 뒤집힌다. 날 궂어도 문전성시를 이루는 집에는 비밀이 있겠지. 어디는 성실하게 시끌벅적하고 어디는 영리하게 단골을 만든다. 손님 없는 나는, 나를 상대로 거래한다. 내일의 불안이 밤의 불면을 가져온다.

　인생을 저잣거리 장사에 비유하다니 너무 경박하다고? 괜한 자기모멸에 빠진 것 아니냐고? 그렇다면 미안. 저잣거리 장사를 툭하면 무규칙하고 무개념한 인생에 빗대서 미안. 내 삶의 밑천이 비만한 몸과 헐벗은 정신뿐이라서 미안. 내가 자꾸 나를 팔아서 미안.

에른스트 키르히너, <파리스의 심판>, 1913

달린다, 고로 존재한다

동물들은 먹잇감을 쫓거나 천적이 나타났을 때 달린다. 사자가 가젤을 잡아먹으려고, 누우 떼가 싱싱한 풀밭을 찾으려고, 토끼가 늑대를 피하려고 내달린다. 동물들이 먼 거리를 힘껏 달리는 데는 다 이유가 있다는 말이다. 아무런 이유 없이 무료해서 달리는 동물은 없다. 단 하나의 동물, 인간만 예외다.

인간은 오로지 자신을 깨닫기 위해 42.195킬로미터를 달리기도 한다. 100킬로미터가 넘는 울트라마라톤 같은 극한의 도전에도 스스로 나선다. 마라톤이 취미인 작가 무라카미 하루키는 3미터 앞만 바라보면서 계속 달릴 뿐이라고 말했다. 또 앞으로 달리면서 달리는 것에 실망하고 권태감을 느끼는 '달리는 사람의 우울(runner's blue)'을 겪는다고 고백하기도 했다. 삶이 그렇지 않은가. 그럼에도 인간은 달리는 고통을 기꺼이 받아들이는 존재다. 그토록 먼 거리를 묵묵히 달려봐야 부풀어오른 물집과 붉은 상처를 얻게 되지만, 사람들은 달리면서 인생을 실감한다.

에른스트 키르히너, <화려한 춤―폴크방미술관 대강당을 위한 디자인>, 1932

새해맞이 소감

정보통신기술 시대에 널리 쓰이는 영어 단어들이 있다. 그중 하나가 '리셋(reset)'이다. 알다시피 이 단어는 데이터를 처리하는 장치의 일부나 전체, 또는 계수기나 기억 장치의 수치를 초기 상태로 되돌리는 것을 의미한다.

그런데 사람들은 컴퓨터나 스마트폰 등을 리셋하면서 묘한 감정을 느끼는 듯하다. 리셋 대상이 자신의 인생이면 어떨까 하는 망상에 빠져드는 것이다. "이번 생은 글렀어!" 하면서 인생을 초기 상태로 만들 수 있다면 얼마나 후련할까. 그러면 살아오면서 겪은 숱한 시행착오와 잘못, 어리석은 판단과 게으른 일상이 모두 사라지겠지. 다시 펼쳐진 새하얀 도화지에 두 번 다시 후회하지 않을 밑그림을 그려 화려하게 채색해갈 수 있겠지.

하지만 인생의 리셋이 가당키나 한 일인가. 우리가 겨우 삶을 리셋하는 기분이나마 갖는 때는 바로 1월 1일이다. 그마저 나이 들수록 시큰둥하지만, 사람들이 새해라며 법석을 떠는 데는 그만한 이유가 있다.

에른스트 키르히너, <춤추는 커플>, 1914

산 사람은 살게 마련이다

나는 육친의 주검 앞에서도 수그러들지 않는 식욕이 난감했다.

스물서너 살 때 시골에 가 할머니의 장례를 치르면서, 나는 마당에 자리 잡은 조문객에게 음식을 나르며 허기를 느끼고는 했다. 그래서 부엌을 오갈 적에 눈치껏 수육이며 마른반찬에 손을 댔다. 그렇지 않으면 집에서 식구들끼리 치르는 장례에 느긋하게 앉아 끼니를 챙기기 어려웠다. 조문객은 밀려오고 일손이 부족했으니까. 그런데 나는 슬그머니 배고픔을 달래면서도 식욕을 제어하지 못하는 것에 자괴감이 들었다. 할머니가 돌아가셨는데, 이깟 허기도 참지 못하나 싶었던 것이다.

그 후 20여 년이 흘러 엄마의 죽음을 맞고도 나는 끼니를 거의 거르지 않았다. 밥이 아니면 술을 마셨으니 배고픔을 깊이 느낄 새가 없었다. 그토록 엄마의 부재를 슬퍼했으면서 나는 먹을 것 다 먹으며 장례를 치렀던 셈이다. 누가 내게 다가와 "산 사람은 살아야지."라고 위로할 필요도 없었다. 너무 쉽게, 산 사람은 살게 마련이었다.

에른스트 키르히너, <컬러 댄스>, 1933

누구를 기다리는 방법

과거 온라인 문화 이전에는 약속에 늦거나, 약속을 지킬 수 없거나, 어떤 사정이 생겨도 딱히 연락할 방법이 없었다. 약속 장소가 실내면 그나마 나은데, 그냥 길거리에 서서 멍하니 상대를 기다리기 일쑤였다. 말이 가만히 기다리는 것이지, 그 시간 동안 머리에 스치고 마음에 오가던 오만 가지 생각과 감정을 어떻게 설명할 수 있을까. 기다림이 발효될수록 그날이 온통 심란했다. 간혹 아무 영문도 모른 채 홀로 돌아오는 길은 막 화가 나거나 쓸쓸하기도 했다.

그와 달리 지금은 누구를 무작정 기다리는 경우가 별로 없다. 몇 시에 만나기로 약속하고도 어디까지 왔는지 수시로 확인하고, 약속 장소가 어느 골목에 있는지 헷갈릴 일도 없기 때문이다. 그게 다 스마트폰 덕분이다. 이 휴대용 컴퓨터는 실시간 소통과 실용적 검색을 가능하게 해 약속의 불확실성을 없애버렸다. 그래서 사람들은 이제 누구를 하염없이 기다리는 방법을 알지 못한다. 하염없이, 저 너머를 바라보지 않는다.

가시 많은 사람

식물의 가시는 공격용이 아니라 방어용이란다. 당연한 말이다. 제자리에서 옴짝달싹 못하고, 기껏해야 어둠 속에 흐르는 물이나 들이켜 갈증을 달래는 주제에 누구를 공격하겠나. 자기 몸에 스스로 상처나 입히지 않으면 다행이겠지.

이따금 식물을 떠올리게 하는 사람을 본다. 그는 이미 담벼락에 기대 앉아 해바라기하는 노인처럼 정지해 있다. 그런데 가만 보면, 그의 삶 곳곳에 뜨거운 가시가 솟아 있지 않나. 마치 어여쁜 꽃들 사이로 날카롭게 가시를 키우는 장미나 실거리나무 같은 사람. 가시가 많은 사람에게는 다른 사람들이 다가서지 않는다. 가시가 많은 사람은 외로워도 기꺼이 누구를 껴안지 못한다.

그 사람은 가시가 불러일으키는 오해에 대해 구구절절 설명한 적이 없다. 자칫 설명이 변명으로 들려 또 다른 오해를 낳는 탓이다. 따스한 햇살만 잠시, 가시를 위문한다.

제멋대로 해석하기

로또 당첨 확률은 약 814만분의 1이다. 그럼에도 많은 사람들이 그 가능성을 확대 해석하며 복권을 산다. 인간에게는 자기가 바라는 행운의 확률을 근거 없이 높이는 무의식이 작동하는 듯하다. 최근 우리나라의 교통사고 사망자는 일주일 기준 58명 안팎이다. 로또 당첨보다 훨씬 높은 확률이다. 하지만 사람들은 그런 불행이 자신에게 닥칠 것이라고 잘 생각하지 않는다.

인간은 확률이라는 기이한 개념을 만들어놓고, 자주 제멋대로 확률을 받아들인다. 야구에서 타율 3할은 강타자로 인정받지만 열 번 타석에 들어서서 일곱 번은 그냥 아웃된다는 의미 아닌가. 그럼에도 야구팬들은 3할 타자의 타석에 기대를 감추지 않는다. 만약 기상청에서 비 올 확률을 40퍼센트로 예보한다면 우산을 가져가야 하나 말아야 하나. 성공 확률 30퍼센트의 수술은 받아야 하나 말아야 하나. 인간은 결국 자신의 감정이나 의지에 따라 확률을 받아들일 뿐이다. 인간은 원래 세상을 제멋대로 해석하는 신기한 족속이다.

?

아이들은 이것저것 궁금해하는 것이 참 많다. 몰라서 묻는다기보다 궁금해서 묻는다. 아이들은 모른다는 것을 모른다. 무엇을 몰라서 부끄럽거나 안달이 나는 것이 아니다. 그냥 궁금할 뿐이다. 그저 호기심이 발동할 따름이다.

어른들도 때로는 이것저것 묻는 것이 참 많다. 궁금해서 묻는다기보다 알고 싶어 묻는다. 나이는? 직업은? 연봉은? 집은? 차는? 학교는? 고향은? 정치적 지지는? 심지어, 누구누구에 대해 뭘 알고 있나?

어른들은 정말로 궁금한 것이 아니다. 그냥 모르니까 막 뒤지고 싶고 조바심이 날 뿐이다. 그저 무턱대고 남의 속사정을 들춰내 견주고 싶을 따름이다. 그러니 아이들이, 철학자 마르틴 하이데거의 용어를 빌리자면, 어른들보다 훨씬 존재론적이다. 현존재로서 갖는 숙명적 물음에 더 충실하다. "엄마, 사람을 어떻게 만들어?", "왜 살아 있으면 다 죽어?", "겨울 다음에는 왜 봄이야?" 어른들은 이런 질문을 거의 하지 않는다.

나를 기억하는 나

나는 "내가 나를 기억한다./ 달리 무엇을 할 수 있을까?"라는 내용으로 시를 쓴 적이 있다. 뒷문장은 이제 자신을 반추하는 것 말고 아무런 재능이 남지 않은 것 같은 나의 무기력에 관한 고백이었다. 아울러 앞으로 나의 삶은 나를 솔직히 기억해내는 행위가 가장 중요하다는 자각이기도 했다.

그렇다면 "내가 나를 기억한다."라는 것은 무엇인가. 그것은 나의 비겁함과 졸렬함을 다른 사람은 몰라도 나는 잘 알고 있다는 것이다. 세상에 발각되지 않은 나의 숱한 죄가 내 가슴에는 화인(火印)처럼 새겨져 있다는 의미다. 틀림없이 마음에 품었던 타인을 향한 조롱과 적의를 나의 양심은 일일이 기록해두었다는 말이다. 나의 그림자에 묻어놓은 나의 실체를, 나의 뒷모습에 감춰둔 나의 본색(本色)을, 나는 낱낱이 기억한다. 내가 나를 기억하는 것이 다름 아닌 반성이다.

추억으로 가는 길

추억을 자극하는 가장 손쉬운 코드는 대중가요다. 음악은 추억으로 가는 길에 축지법을 쓰게 한다. 사람들은 오래전 노래를 들으며 그날의 어느 거리로, 그때 만났던 그 사람 앞으로 한달음에 달려간다. 지나간 시절은 애잔하고, 다시는 되돌아갈 수 없어 망연하지 않나. 귀에 익은 대중가요는 사람들을 과거로 이끌어 그때의 다사다난을 되새기게 한다. 추억은 곧 식상해지고 어김없이 현실이 우리를 옭아매겠지만.

나는 1990년에 강수지가 노래한 <보랏빛 향기>를 좋아하지 않았다. 그런데 얼마 전 방송에서 그 노래가 흘러나왔을 때는 느낌이 좀 달랐다. 밝고 상큼한 멜로디가 여전히 내 취향은 아니었지만, 옛날과 달리 그 노래의 정서 속으로 홀연히 빨려들었다. 그러자 2023년의 내가 그 시절 그때로 순간이동을 하는 것이 아닌가. 1990년의 <보랏빛 향기>와 2023년의 <보랏빛 향기>는 같으면서도 아주 다른 노래였다. 세월의 손길이 그 노래에 또 다른 매혹을 심어놓은 것 같았다.

제철 과일의 맛

　제철 없이 쏟아지는 과일을 보면, 내가 지금 어느 계절을 살고 있는지 헷갈린다. 처음에는 아무 때나 좋아하는 과일을 먹을 수 있어 반가웠다. 그러나 이제는 마냥 그렇지만은 않다. 겨울에 딸기나 수박 좀 못 먹으면 어떤가. 두어 달 먼저 참외를 먹기 시작하면 대체 뭐가 달라지나. 남들보다 먼저 시장에 내놓으려는 욕심이 남들도 다 욕심부리게 만들었을 뿐이다.

　과일의 가치가 모양과 당도에만 있지는 않을 것이다. 비바람이 단련한 맛과 고난 없이 하우스에서 자란 맛이 같을 리 없다. 무엇이든 있을 때 있고 끝날 때 끝나야 한다. 싹이 때를 모르면 열매도 때를 모르게 마련이다. 지금 없다고, 덜 달콤하다고, 슬퍼할 일만은 아니다. 인생도 그렇지 않나. 우리의 삶은 봄에 봄의 향기를, 겨울에 겨울의 온기를 지녀야 한다. 스무 살에는 스무 살의 의지를, 쉰 살에는 쉰 살의 용서를 지녀야 한다.

배타적 동반자 관계

"정신이 육체를 지배한다!"라고 소리치는 사람들이 있다. 육체가 곤란을 겪는 경우 의지를 다지기 위해 그렇게 자기 최면을 걸 때가 있지만, 대개는 어떤 열정에 잘 불타오르는 사람들이 그런 말을 즐겨 한다. 그들에게는 지나치게 정신력을 강조하는 버릇이 있다. 정신력만 강하면 언제든 일당백의 성과를 거둘 수 있다는 식이다. 그런데, 정말 그런가? 정신과 육체를 대립 관계로 보는 것부터 타당하지 않거니와, 육체가 정신에 종속되지도 않는다. 육체는 한낱 고깃덩어리가 아니기 때문이다. 오히려 육체의 에너지가 정신에 활기를 불어넣지 않나. 육체가 쇠락하고 소멸하면 아무리 강한 정신도 무의미할 따름이다.

그렇다고 내가 정신보다 육체의 우위를 주장하려는 것은 결코 아니다. 내가 생각하는 정신과 육체의 관계는 '배타적 동반자'다. 서로 경계하고 조율하면서 끝까지 함께할 수밖에 없는 운명. 정신이 시들면 육체가 낭비되고, 육체가 방만하면 정신이 생동하지 못한다. 거울에 육체를 비추면 정신이 보인다.

지상 최고의 재활용

어떤 사람이 다 쓰러져가는 시골집을 사서 리모델링 공사를 했다. 그는 방바닥을 깨고 나서 구들장으로 깔려 있던 돌들을 내다 버리지 않았다. 자칫 폐기물로 실려 갈 뻔했던 돌들은 담장을 쌓는 데 이용되었다. 원래 햇볕과 비바람 속에 있던 돌들이 수십 년이나 뜨거운 불구덩이에 얹혀 있다가 다시 세상의 빛을 보게 된 것이다.

나는 그 광경을 보면서 괜히 가슴이 뭉클했다. 오랜 시간 구들장으로 깔려 있어야 했던 돌들이 짙은 어둠을 벗고 옛날처럼 햇살 아래 놓이게 된 것이 아름다운 은유로 읽혔다. 이제 그 돌들에는 다시 바람이 스치고 빗물이 젖어들겠지. 그러면 어디서 날아온 씨앗이 싹을 틔우고 나비와 새를 부르겠지. 그 돌들은 새로 지은 집에서 살아갈 사람들의 희로애락을 지켜보며 조금씩 세월의 더께를 이어가겠지. 다시 수십 년이 흐르면 그 돌들은 또 무슨 쓰임새로 세상을 살게 될까. 나는 유구한 돌들의 생애를 떠올리며 잠시 담장을 어루만졌다.

나를 향한 자문자답

아이들의 잘못을 꾸짖을 때 종종 내뱉게 되는 사족이 있다. "아빠가 그러지 말라고 몇 번이나 말했니?" 잘못을 나무라는 것으로 그치지 않고 잘못의 반복을 질책하는 것이다.

그런데 솔직히 그 말을 들어야 할 사람이 아이들뿐일까. 나에게는 잘못의 반복을 넘어 이미 습관이 되어버린 잘못도 수두룩하지 않은가. 다음날의 숙취를 예감하면서 과음하고, 곧 닥칠 후회를 뻔히 알면서 게으름을 피우고, 틀림없이 부메랑이 되어 돌아올 돌멩이를 누군가에게 함부로 던지지 않나.

그러므로 "내가 그러지 말라고 몇 번이나 말했니?"라는 잔소리는 나를 향한 자문자답이어야 마땅하다. 인간이 자꾸만 잘못을 반복하는 모자란 존재인 것을 되새겨 타인을 용서하고, 스스로 나 자신을 감시해야 한다. 『성경』에 "너는 어찌하여 형제의 눈 속에 있는 티는 보면서, 네 눈 속에 있는 들보는 깨닫지 못하느냐?"라는 구절이 있다지. 그런 사람을 가리켜 위선자라고 한다.

아, 굴레방다리

살다 보면, 누구나 각별한 장소가 생기게 마련이다. 여생 동안 잊히지 않을 몇 군데 구체적인 지명을 가슴에 새긴다고 말할 수 있겠다. 나의 경우 굴레방다리라고 불리던 북아현동이 그중 하나다. 지금은 아파트가 늘어선 그 거리 곳곳에 나의 청춘이 음각되어 있다. 날마다 허정거리면서 구원인 양 시를 기다리던 그때.

이십 대의 나는 읽어야 할 어둠과 빛이 많았다. 낯선 은유와 상징이 세상의 모든 풍경을 새롭게 번역해 들려주었다. 때때로 서럽고 불안했으나 그런대로 견딜 만했다. 나 자신을 위해 위악(僞惡)해야 했고, 나 아닌 누군가를 위해 위선(僞善)에 길들어가던 시절이었다. 위악은 약자의 가면이잖은가. 위선은 가면 위에 덮어쓴 또 다른 가면이잖은가. 굴레방다리의 낮은 캄캄해 나는 홀로 밤을 밝히는 날이 많았다. 나는 그곳에서 시인이 되었고, 그 거리에서 배운 삶의 방식을 오랫동안 버리지 못했다.

나는 굴레방다리를 나온 후 그곳에 거의 가지 않았다. 그럼에도 그곳이 아주 가까웠다.

엔딩 크레딧이 있는 이유

영화관에 가기보다 차라리 집에서 VOD로 영화를 보는 편이 낫겠다 싶을 때가 있다. 다른 무엇보다 엔딩 크레딧을 편안히 즐길 수 있다는 점에서 그렇다.

나는 평소 영화관에 가면 마지막 컷이 끝나자마자 우르르 일어서는 관객들의 행동이 마음에 들지 않았다. 비행기 타고 뉴욕 가는 한국 사람이 로스앤젤레스 상공에 접어들자 서둘러 짐을 챙기더라는 우스갯소리가 있지만, 여하튼 우리의 급한 성격이 영화관에서도 발동되는 듯하다. 엔딩 크레딧이 무엇인가. 그것은 단지 영화 제작과 관련된 정보 제공이 아니다. 배우 이름이야 이미 대부분 알고 있고, 관객들 입장에서 제작진의 이름이 굳이 궁금할 리는 없다.

내가 생각하는 엔딩 크레딧의 존재 이유는, 여운이다. 두어 시간 영화를 봤으니 물결같이 흘러가는 활자들 사이로 그 감정의 여진을 좀 더 느껴볼 시간이 주어진 것이다. 나는 엔딩 크레딧이 다 흘러갈 때까지 영화관의 어둠이 사라지지 않으면 좋겠다는 바람도 갖는다.

폐업 안내문

동네 상가를 지나다가 셔터 문에 붙여놓은 폐업 안내문을 보았다. "사정상 가게 문을 닫게 됐습니다. 그동안 찾아주셔서 감사합니다."

단 두 줄로 된 짧은 글이지만, 나는 여느 문학 작품의 사려 깊은 문장인 양 되새겨 읽었다. 작은 반찬 가게의 사정이야 말하나 마나 뻔했을 터. 사장은 장사가 여의치 않아 가게를 접으면서도 얼마 되지 않는 단골들에게 인사를 잊지 않았다. 그러고 보면 돈 받고 물건 파는 지극히 사무적인 관계에도 사장은 자기 가게를 찾아오는 손님들에게 진심으로 고마운 마음을 가졌겠지.

타인의 가치를 오직 쓸모로 판가름하는 세태에 그것은 흔한 일이 아니다. 큰돈 들여 시작한 장사를 망한 충격이 클 텐데 폐업 안내문을 붙이는 것은 기대하기 어려운 정성이다. 신장개업 행사는 요란해도 폐업은 어느 날 갑자기 인테리어를 뜯어내는 소음과 먼지로 알게 되지 않나. 그 반찬 가게 사장 같은 사람이 좀 수월하게 먹고살면 좋으련만, 세상은 계속 호락호락하지 않을 것이다.

생명의 무게

나는 어릴 적에 방죽을 뛰어다니며 잠자리를 잡고는 했다. 풀밭에 가면 방아깨비를 찾아 뒷다리를 잡고 놀며 재미를 느끼기도 했다. 내 손에 잡힌 곤충은 빈 통을 사육장 삼아 먹이를 넣어줘도 곧 죽고 말았다. 나는 일없이 채집했던 곤충의 주검을 땅에 묻어주며 옅은 죄책감을 달랬다.

그때의 곤충은 생명이었으되, 생명의 무게가 아주 가벼웠다. 나에게 그깟 곤충의 죽음은 심각한 일이 아니었다. 어린 나의 성격이 잠자리나 방아깨비라고 해서 장난으로 죽일 만큼 심술궂지는 않았지만, 그렇다고 그 죽음이 사건으로 여겨지지도 않았다. 그냥 심드렁하니 언제든 일어날 법한 일이었다.

그런데 내게는 머지않아 미물의 죽음조차 가볍게 생각하지 않는 변화가 생겼다. 이제는 우연히 집 안에 날아 들어온 나방도 파리채로 내려치기 망설여진다. 꿈틀거리는 작은 벌레 한 마리도 산 채로 문 밖에 내놓아야 마음이 편하다. 그것의 숨을 끊을 때 전해지는 촉감이 싫거니와, 나에게 그럴 권리가 있나 하는 어쩌면 지나친 상념 탓이다.

안부를 묻는 일

안부를 묻는 일이 시큰둥하다. 안부를 묻는 일에 별 의미를 갖지 못하는 까닭이다. 그 사람의 안부가 정말 궁금하기보다, 안부를 묻는 것이 일처럼 느껴지는 순간에 그런 기분이 든다. 내가 시니컬한 탓일까.

누가 나에게 묻는다. "잘 지내나?" 한창 외로움이 깊을 때 그런 말을 들으면 감격할 만한데, 나는 짐짓 어깃장을 놓는다. "왜, 심심해?" 내가 누군가에게 묻는다. "별일 없으세요? 잘 지내시지요?" 나는 안부 묻는 일을 마치고 곰곰이 생각한다. 내가 진심으로 그 사람에게 별일 없기를 바라고 있나. 잘 지내겠지, 스스로 결론 내려놓고 왜 하나 마나 한 소리를 덧붙였나.

하염없이 생각이 이어지는 날에는 나의 오랜 습관까지 시빗거리가 되고는 한다. 아무 내용 없이, 아무런 감정 없이 누군가에게 안부를 묻는 나의 속내를 내가 훤히 들여다보기 때문이다. 내 곁에 안부를 묻는 것이 일처럼 느껴지지 않는 사람들만 있을 수는 없나. 그게 가능한 소망인가.

공동체라는 집단

우리 사회는 오랫동안 개인의 가치보다 집단의 질서를 중요하게 생각해왔다. 나의 의견을 내세우기보다 학교와 직장, 집안의 결정을 일방적으로 따라야 했다. 때로는 전통과 관습을 내세워 개인의 헌신을 강요하기도 했다.

다행히 요즘은 우리 사회가 많이 달라져 각 집단에서 구성원의 권리와 자유에 대해 진지하게 생각할 줄 안다. 전통과 관습의 억압도 느슨해진 것이 사실이다. 집단의 이익을 위해 개인의 가치를 가볍게 여기던 문화에 변화의 바람이 불고 있다.

그런데 이제 새로운 집단 개념이 등장해 개인의 자유와 권리를 경계하는 듯하다. 다름 아닌 '공동체'인데, 기존의 여러 집단에 덧붙여져 능동적이고 민주적인 분위기를 자아낸다. 마치 공동선(共同善)만을 실현하는 것 같은 아름다운 집단 개념으로 자리 잡았다. 하지만 내가 보기에는 그 역시 개인의 가치보다 집단의 질서를 추구할 위험이 매우 크다. '공동체를 위한 희생'을 들먹일 때 그런 의심이 짙어진다.

산보다 샛길

주말에 서울 근교 산에 갔다가 깜짝 놀란 경험이 있다. 엄청난 수의 사람들이 비슷한 옷을 입은 채 줄지어 산을 오르지 않나. 그야말로 꼬리에 꼬리를 물고 오르느라 눈에 들어오는 것은 풍경이 아닌 앞사람의 엉덩이와 발뒤꿈치였다. 교통 흐름처럼 등반 흐름이 있어 모두의 속도에 맞춰 발걸음을 옮겨야 했다.

나는 그날 이후 다시는 주말 산행에 나서지 않았다. 특히 날 좋은 봄가을에는 산 쪽으로 가는 것조차 멀리했다. 그렇지 않아도 산에 가면 주로 둘레길 산책에 만족해온 터라 그와 같은 혼잡에 섞여 정상 등반에 나설 이유가 없었다. 나같이 투쟁심이나 성취욕이 크지 않은 인간은 웅장한 산보다 호젓한 샛길이 어울리기도 했다.

인적 드문 샛길에는 산과 같은 대자연의 장관이 없다. 그래도 소박한 관찰과 응시의 즐거움이 있어 좋다. 나같이 목표지향성이 부족한 인간은 무엇을 가만히 바라보는 것으로 한 세월을 살기도 한다.

엄살떨지 마

엄살도 습관이다. "요즘 사업 어때?" "죽을 맛이야." "SNS 보면 신수가 훤하던데?" "쳇, 죽지 못해 사는 거야." 대체 죽을 맛은 어떤 맛이며, 죽지 못해 산다면서 골프장이며 맛집에서 사진 찍어 올리는 여유는 뭐란 말인가. 죽는 소리도 거듭하다 보면 이골이 나 상대의 반응과 상관없이 점점 농도가 짙어진다. "아이고, 힘들어 죽겠어! 나 좀 살려줘." 다 같은 중생끼리 누가 누구를 살릴 수 있단 말인가. 허풍이 밥맛없는 것처럼 엄살도 그에 못지않게 구역질 나는 짓이다.

엄살떨면 뭐가 달라지나. 아무리 엄살떨어 봤자 내 몫의 기쁨과 슬픔은 고스란히 내 몫의 기쁨과 슬픔이다. 인생의 사칙연산은 나에게 나를 더하고 빼거나, 나와 나를 곱하고 나누는 것이다. 누구의 동정과 적선을 바라며 번번이 추임새 넣듯 엄살떨면 진짜 늑대가 나타났을 때 아무도 거들떠보지 않는다.

빈둥거리는 재미

풋내기 직장인 시절 회사에서 단합대회를 했다. 당일치기 야유회였는데 하루 종일 일과가 빡빡했다. 새로 온 이사가 거의 10분 단위로 일정표를 짰던 탓이다. 정확히 몇 시까지 단합대회 장소에 도착해 언제 점심을 먹고, 몇 시부터 몇 시 몇 분까지 부서별 장기자랑을 하며, 다시 몇 시 몇 분에 뒤풀이 장소로 옮긴다는 식이었다. 나는 단합대회 대신 좀 가볍고 부드러운 행사 명칭을 쓸 수는 없나 의문을 가진데다, 마치 군부대 일정표 같은 엄격한 일과가 불편했다. 오랜만에 나들이 왔으면 직원들끼리 한가하게 이야기 나눌 시간도 줘야지, 밥도 천천히 먹고 흙냄새 맡으면서 이리저리 산책도 하면 좋겠네, 싶었던 것이다. 왜 어떤 사람들은 사람이 빈둥거리는 것을 두고 보지 못하나 이해할 수 없었다. "그렇게 빈둥거릴 거면 잠이나 자."라는 말에 나는 동의하지 않는다. 왜 빈둥거리는 재미를 모를까, 빈둥거리다 보면 상상도 날개를 다는데, 싶기 때문이다. 어떤 사람들은 빈둥거려야 보이는 세상에 대해 전혀 알지 못한다.

동물보다 어리석어서

곁에 있는 것보다 스쳐 지나간 것에 연연할 때가 있다. 내 것이 된 것보다 내 것이 되지 않은 것이 못내 부럽기도 하다. 이미 나를 키운 비와 햇살과 바람보다 어디 먼 나라의 날씨에 더 달콤한 열매를 맺지 않을까 기웃댄다.

인간은 어떤 동물과도 비교할 수 없을 만큼 똑똑하지만, 어느 면에서는 세상의 모든 동물보다 어리석다. 표범은 놓쳐버린 먹잇감에 미련을 갖지 않으니까. 기러기는 지나온 길을 돌아보지 않으니까. 고래는 삼켜버린 바닷물을 후회하지 않으니까. 펭귄은 따뜻한 낙원을 갈망하지 않으니까. 뻐꾸기는 출생의 비밀을 원망하지 않으니까. 거북이는 느릴지언정 계속, 계속 걸어가니까. 연어는 죽을 줄 알면서도 돌아오니까. 사마귀는 죽을 줄 알면서도 최선을 다해 사랑하니까.

인간은 생각하는 갈대

일찍이 "인간은 생각하는 갈대"라고 이야기한 블레즈 파스칼의 혜안이 놀랍다. 그가 살다간 시대는 1600년대였지만, 그때나 지금이나 인간의 속성이 다를 리 없다. 그는 인간을 대나무나 맹수가 아니라 갈대에 빗대었다. 갈대란 무엇인가. 파스칼이 인간을 비유한 갈대는 식물이 아니다. 식물로서의 갈대가 아니라 평생 제자리에 붙잡혀 바람 부는 대로 이리저리 흔들리는 유약한 존재로서의 갈대다.

한 걸음 더 나아가, 파스칼은 갈대에 휘어질지언정 부러지지 않으려는 인간의 생존 본능을 담았다고 덧붙일 만하다. 갈대는 자존심을 내세우며 바람 앞에 꼿꼿이 서 있지 않는다. 어차피 대지의 손아귀에 붙들려 어디로도 떠나지 못하는 신세에 괜한 고집 피워봐야 소용없다고 판단한다. 유약한 존재로서, 어떻게 하면 살아남을 수 있을까 끊임없이 궁리할 따름이다. 그렇듯 인간은 생각하는 갈대라서 쓰러지지 않으려고 흐물거리며, 짓밟히지 않으려고 굽실거리며, 일생을 산다.

위악에 대해

나는 앞서 위악이 약자의 가면이라고 표현했다. 자신이 가진 것 중에서 일부러 악만 골라 드러내는 것, 또는 자신의 악하지 않은 부분을 시치미 뚝 떼고 악으로 포장해 드러내는 것. 일반적으로 사람들은 위선의 유혹에 빠져든다. 좀 꺼림칙하기는 해도 위선으로 얻는 것이 있기 때문이다. 그에 비해 위악으로는 얻을 것이 거의 없는데, 왜 어떤 사람들은 짐짓 위악하는 것일까?

위악은 자신에게 가까이 다가오지 말라는 경계 신호다. 진짜로 악하게 굴 마음은 없으면서 자신의 사나움을 과장해 타인을 멀리하려는 것이다. 약자는 그와 같은 방식으로 자신을 보호할 수 있으리라 믿는다. 아울러 약자는 위악을 향한 비난을 기꺼이 받아들인다. 약자는 도덕적 비난보다 자신의 하찮음, 자신의 나약함이 밝혀질까 봐 두려울 따름이다. 위악이 약자에게는 최후의 보루인 셈이다.

막차를 타던 날

　밤거리를 허정거리다 막차를 놓칠까 봐 걸음을 재촉하고는 했다. 까짓것 택시 타면 그만이지 싶다가도 내심 돈이 아까웠다. 아니, 꼭 돈이 아니더라도 왠지 막차 시각이 다가오면 마음이 먼저 급했다.

　그나마 지하철은 막차를 탈 수 있는 시각이 일정해 서둘러야 할 때와 느긋해도 될 때가 명확했다. 하지만 버스는 내가 기다리는 정류장에 언제 도착할는지 정확히 알기 어려웠다. 막차 시각을 어림짐작해 정류장에 다다라서도 버스가 올는지 이미 지나가버렸는지 머릿속이 뒤숭숭했다. 지금은 모바일 앱이나 정류장에 설치된 버스정보시스템을 들여다보면 그만인 일이 과거에는 불가능했던 탓이다.

　그렇게 가까스로 올라탄 막차는 승객이 적지 않았다. 일에 지쳤거나 술에 취했거나, 버스가 움직일 적마다 사람들의 무거운 하루가 흔들렸다. 너나없이 목각 인형처럼 삐걱거리기도 했다. 내가 몸 기댄 차창에는 늦은 귀가가 벌써 내일을 데려왔다.

새벽녘 어스름이 싫어

지극히 개인적인 감상이지만, 나는 새벽녘 어스름이 싫다. 어둑한 여명의 시간이 하루 중 가장 마음에 들지 않는다. 많은 이들이 새롭게 일과를 시작하는 그때에 나는 외려 마음이 일렁여 불안정한 것이다. 이따금 속이 메슥거리는 기분까지 드니 새벽녘 어스름과 나는 궁합이 영 안 맞는 듯하다.

한창 직장생활을 할 적에는 그 시간을 피할 방법이 없었다. 얼른 출근 준비해 길을 나서야 했으니까. 그런데 프리랜서가 되고 나서는 새벽녘 어스름에 맞닥뜨릴 일이 거의 없어졌다. 이제는 어쩌다 먼 길을 가려고 그 시간의 어두운 냉기를 들이켜는 것이 전부다. 왜 간밤의 적막을 깨뜨리는 새벽의 기척이 못마땅한지. 왜 하루를 열어젖히는 새벽의 분주와 소란이 귀에 거슬리는지.

내가 느끼는 새벽녘 어스름은 발이 푹푹 빠지는 검푸른 폐허 같다. 무겁게 젖어 그 시간을 걷다보면 지나간 여러 날과 아직 오지 않은 날들을 쌉쌀하게 음미한다. 아침이 밝아야 비로소 나는 고개를 든다.

해질녘 어스름이 좋아

이 또한 개인적인 감상이지만, 나는 해질녘 어스름을 좋아한다. 대개 오후 5시 남짓한 시간이랄까. 개와 늑대의 시간. 계절마다 조금씩 다르겠으나, 그 무렵 한낮의 투명과 저녁의 불투명이 섞여 만들어내는 실루엣은 내게 평온을 가져다준다. 현실을 흠모하고 미래를 동경하는 기적을 발휘해 삶의 기운을 충만하게 한다. 해질녘 어스름은 새벽녘 어스름과 대척점에 있어 하루 중 가장 부드럽고 따뜻하다.

나는 그 시간이 되면 이럴 수도 있고 저럴 수도 있다. 전등을 켤 것인가 말 것인가. 책을 읽을 것인가 말 것인가. 전화를 걸 것인가 말 것인가. 너를 미워할 것인가 말 것인가. 맥주를 마실 것인가 말 것인가. 음악을 들을 것인가 말 것인가. 나를 용서할 것인가 말 것인가. 채식주의자가 될 것인가 말 것인가. 창밖을 내다볼 것인가 말 것인가. 우리를 기억할 것인가 말 것인가. 뒤를 돌아다볼 것인가 말 것인가. 생각을 거둘 것인가 말 것인가. 나는 해질녘 어스름에 걸을 수도 있고 멈출 수도 있다. 시를 쓸까 말까 설레다가 '오후 5시'라는 제목을 떠올리기도 했다.

마중하는 즐거움

세상 살면서 즐거운 일 중 하나가 사랑하는 이를 마중하는 것이다. 내게 오기로 한 사람을 그냥 기다리지 않고 맞이하러 가는 길에는 기쁨의 융단이 깔린다. 마중은 사랑하는 이를 좀 더 빨리 만나게 하고, 좀 더 오래 곁에 머물게 하고, 좀 더 신뢰하게 한다. 연인이든 가족이든 마중은 사랑하는 이를 좀 더 의지하게 하고, 좀 더 안도하게 하고, 좀 더 사랑해 더욱 사랑을 깊게 한다.

공항과 기차역과 버스 터미널에서 누구를 기다린다. 무수한 시간 가운데 누구를 기다리는 시간은 물오른 꽃봉오리가 봄을 갈망하는 때다. 마냥 제자리에서 기다리지 못하는 꽃봉오리는 한 걸음 먼저 봄을 마중해 삶의 기쁨을 환하게 터뜨린다. 사랑하는 이를 마중해 좀 더 일찍 꽃피우는 일이 즐거울밖에. 행복할밖에. 나의 무료한 일상에 한 가지 바람을 더한다면 사랑하는 이를 마중하는 것이다. 배웅하여 손을 놓기보다 마중하여 가슴에 안는 것이다.

내가 나를 바라볼 때

유체 이탈 운운한다면 과장이겠으나, 내가 나에게서 빠져나와 나를 바라보는 기분일 때가 있다. 여기서 '내'를 영혼이라고 한다면 앞쪽의 '나'는 영혼과 육체의 합일일 테고 뒤쪽의 '나'는 영혼 없는 육체겠지. 잠시 죽었다가 살아난 듯한 임사 체험을 말하려는 것이 아니다. 나는 죽음 저 너머의 세계를 확신하지 못하며, 우주가 그렇듯 인간 역시 수십 가지의 원소로 이루어져 생성하고 소멸할 뿐이라는 비관에 기울고는 한다. 그러므로 영혼과 육체의 분리는 내가 믿어 의심치 않는 신비가 아니라 순간 스쳐 지나가는 환상과 비슷할 것이다. 그 환상 속에서 나의 육체는 낡은 쪽배에 기대어 너른 바다 위를 둥둥 떠다닌다. 태양은 뜨겁고 바람마저 짜디짜 갈증이 심하다. 나의 영혼이 새까맣게 그을린 육체를 애처롭게 바라보다 가만히 다가가 어루만진다. 육체가 영혼을 가두지만, 영혼이 육체를 위로하기도 하는구나. 내가 나에게서 빠져나와 나를 바라보는 기분일 때가 있다. 가장 순수한 측은지심이다.

맡다

2009년, 영화 <스튜어트 리틀>을 관람하던
미술사학자 게르겔리 바르키는
영화 속의 한 그림을 보고
로베르트 베레니(1887~1953)의 잃어버린 작품
<검은 화병과 잠자는 여인>
진본이란 것을 한눈에 알아봤다.

물끄러미 바라보는 옛날

동네 산책길 벤치에 노인들이 나란히 앉아 있다. 따사로운 햇살이 그들에게 허락된 마지막 축복일까. 그들의 흐린 눈동자에는 세상의 한쪽이 무성 영화처럼 비치겠지. 인생은 짧고 하루는 길다.

'젊은' 노인들은 여전히 말이 많지만, '너무' 늙어버린 노인들은 비로소 입을 닫는다. 그들에게 남은 마지막 감각은 물끄러미 바라보는 것. 그렇게 눈길 닿는 것마다 옛날을 떠올리는 것. 세월은 가도 옛날은 머무른다. 세월에 다 변해도 옛날은 변하지 않는다. 그 노인들은 말 대신 기억으로 자신을 설명하겠지.

해질녘 집으로 돌아간 노인들의 빈자리는 허공이 된다. 물끄러미 바라보니, 그곳에 이제 밤이슬이 주저앉는다.

로베르트 베레니, <검은 화병과 잠자는 여인>, 1928

길은 없다

길이라고 가리키는 곳에 길은 없다. 길은 어차피 사람이 만들어 내는 환상이니까. 자신의 편견을 가득 담아 길 없는 허공에 길을 만드는 덧없음이니까. 하얀 눈밭에 길이 어디 있단 말인가. 흙먼지 뒤덮인 초원에 길이 어디 있단 말인가. 광활한 바다에, 망망한 하늘에 길이 어디 있단 말인가.

내가 걸어가면 나의 환상이 될 뿐이다. 네가 걸어가면 너의 덧없음이 될 뿐이다. 이미 나 있는 길인 줄 알고 총총히 따라가 봤자 삶은 어디에도 이르지 않는다. 나의 길이 옳다고 손짓해봤자 태초부터 세상에 똑같은 삶은 하나도 없다. 모든 생명의 오리무중. 모든 생명의 불일치. 나와 너는 서로를 모르고, 완전히 다르다. 내가 너에게, 네가 나에게 어떻게 길이 된단 말인가.

로베르트 베레니, <고양이가 있는 정물>, 1930

알다가도 모를 일

대기업 회장이 세상을 떠났다. 그의 나이 78세로 삶을 마쳤다. 그는 자신의 아버지가 일군 기업을 물려받아 평생 재벌 2세라고 불렸다. 일생 동안 그의 영욕이 작지 않았겠으나, 그래도 먹고 입고 자는 생활이야 이 세상에서 최고로 풍요로웠을 것이다. 시쳇말로 온갖 보약에 영양가 높은 음식 먹으며 건강에 신경 썼겠지.

그럼에도 그가 일흔여덟 살까지밖에 살지 못한 것은 뜻밖이다. 평균 수명에 비추어 짧은 생애라고 할 수 없지만, 재벌 2세에 대기업 회장의 삶이라면 이야기가 좀 다르지 않나. 하루 종일 박스 주우러 다니면서 라면이나 끓여 먹는 이웃집 노인도 80세를 훌쩍 넘겨 살고 있는데 말이다. 그 노인이 김치 놓고 소주 마실 때 대기업 회장은 최고급 와인을 홀짝였겠지. 그 노인이 자외선 실컷 받고 배기가스 삼키며 무거운 수레 끌 때 대기업 회장은 기사가 모는 슈퍼카 뒷좌석에 편안히 앉아 있었겠지. 누구는 스트레스 어쩌고 하는데, 가난의 스트레스는 만만한가? 인생은 정말 알다가도 모를 일이다.

로베르트 베레니, <책 읽는 에타>, 1920

쓸쓸한 풍경

찬바람 몰아치는 을씨년스런 겨울 바다. 이파리 다 떨군 빈 나 뭇가지들의 숲. 가로등 불빛 가라앉은 심야의 골목길. 휴일 저녁의 불 꺼진 오피스 타운. 중년 남자 홀로 구부정히 앉아 밥을 말아먹 는 낡은 식당. 학생들이 집으로 돌아간 해질녘 학교 운동장. 배우 보다 관객 수가 적은 지하 소극장. 종일 추적추적 내리는 비에 인 적 끊긴 흠뻑 젖어버린 목련 꽃잎들의 공원. 길고양이가 쓰레기봉 투를 찢는 어둠 속 막다른길. 마지막을 견디는 사람들에게 너무 크고 화려한 병원의 샹들리에……. 모두 내가 목격하는 쓸쓸한 풍경이다. 여기에 하나 더한다면, 철 지난 놀이동산.

아무도 타지 않아 돌고 돌아 제자리로 돌아오지도 못하는 회 전목마를 바라보며 나의 마음이 황량하다. 그렇게 좋은 날은 가 버렸구나. 하얀 콧김 뿜으며, 두근거리며, 자기 등허리로 사랑하는 이를 떠받치던 날들은 아름답지 않았나. 철 지난 놀이동산에 들리 지 않는 롤러코스터의 굉음이 쓸쓸하다.

로베르트 베레니, <첼로를 연주하는 여인>, 1928

한 번뿐이고 하나뿐인

이튿날 아침에 다시 깨어날 것을 의심하지 않아 사람들은 편안히 잠자리에 든다. 머지않아 더 튼튼한 영구치가 날 것을 믿어 부모는 아무 염려 없이 아이의 유치를 뽑는다. 무릎이 까져도 금방 새살이 돋아 아물 테니까, 오늘 햇볕을 쬐지 못했어도 내일 또 태양이 뜰 테니까, 잘못 적은 글은 Del 키로 깨끗이 지워 다시 쓰면 되니까 사람들은 큰 걱정 없이 하루를 살아간다.

하지만 세상사가 다 그런 것은 아니다. 길거리의 꽃이 예쁘다며 뚝 꺾어버리면, 그 꽃은 절대로 다시 피어나지 않는다. 이듬해의 꽃은 올해의 꽃과 같지 않다. 꽃모가지 뚝뚝 꺾어 내 손에 쥐는 일이 꽃들에게는 내일을 잃어버리는 비극이다. 그것이 무엇이든, 회복할 수 없고 다시 돌아올 수 없고 다음에도 지금처럼 반복할 수 없으면 슬픔이 뒤따른다. 그래서 딱 한 번뿐이고, 딱 하나뿐인 것을 함부로 대하는 태도는 바람직하지 않다. 한 번 죽으면 그만이라 사람들은 큰 걱정을 이고 인생을 살아간다. 모든 생명이 그렇다.

로베르트 베레니, <체스 설명서를 읽고 있는 여자>, 1928

녹슬어버린 쇠붙이

요즘은 많은 집에서 번호 키를 사용한다. 그 덕분에 열쇠를 들고 다니는 것이 옛일이 되어버렸다. 집 열쇠를 대문 밖 화분 밑에 숨겨두고 외출하거나, 행여 잃어버릴까 봐 허리춤에 열쇠를 매달고 다니던 모습이 거의 사라졌다.

그와 같은 생활 방식의 변화는 생활의 풍경을 바꿔놓았다. 나는 이제 외출 때마다 일일이 열쇠를 챙기지 않아도 텅 빈 집에 들어오지 못해 바깥을 맴도는 일이 없어졌다. 지난날 내가 집 앞 어린이 놀이터 그네와 벤치에 앉아 보냈던 기다림의 시간은 영영 과거의 에피소드로 남았다. 나는 아내와 아이들을 망연히 기다리던 그날에 무엇을 생각했던가. 핸드폰도 없어 하염없이 주저앉아 있거나 서성이는 것에 익숙했던 시절. 그때만 해도 나는 청춘이라 할 만했다. 열쇠가 호주머니에서 자취를 감춘 지금, 나의 청춘은 녹슬어버린 작은 쇠붙이처럼 기억 저편에 무심히 던져졌다. 나는 어느새 무엇을 기다리지 않는 나이가 되었다.

모성은 본능만으로도

　내가 생각하기에 모성(母性)이라고 해서 다 똑같지는 않다. 무턱대고 모성은 위대하다며, 모든 모성의 질량이 똑같다고 뭉뚱그리는 것은 옳지 않다. 사람마다 삶을 대하는 태도와 사랑의 깊이가 다른데 어떻게 모성이 똑같을 수 있나. 모성은 본능이지만 본능과 다른 무엇이기도 하므로, 본능의 차원에 머무르는 모성과 본능의 경계를 뛰어넘는 모성은 마땅히 구별해야 한다.

　그렇다고 해서 나의 견해가 본능으로서의 모성을 부정하는 것은 아니다. 모성은 본능만으로도 충분히 아름다울 수 있다는 사실을 얼마 전에 실감했다. 나는 우연히 길에서 보금자리를 빠져나온 새끼 고양이의 목덜미를 어미가 입으로 물고 가는 것을 보았다. 어미 고양이가 생선뼈를 오도독 씹어 먹는 이빨로, 먹고사는 일에 단단하고 날카로운 그 무기로 한없이 부드럽게 본능의 사랑을 실천하는 장면이었다. 바깥은 위험하다며, 가만히 안에 숨어 있으라며. 그 이빨로 까만 밤을 깨물면 별빛이 환히 세상을 비출 것 같았다.

샘

딸아이가 어렸을 때, 다짜고짜 제 오빠에게 샘을 낸 적이 있다. 오빠가 자기보다 게임을 더 잘해서 그런 게 아니었다. 오빠가 자기보다 세뱃돈을 더 많이 받아서 그런 게 아니었다. 오빠가 자기보다 네 살 많다는 것이 이유였다. 당시 딸아이의 말을 그대로 옮겨보면 다음과 같다.

"나보다 오빠가 네 살 많으니까 엄마 아빠를 더 많이 봤잖아! 나보다 오빠가 아빠 엄마 얼굴을 4년이나 더 보는 거잖아!"

명백한 사실 아닌가. 나는 뭉클하면서 슬펐다. 내가 누군가에게 사랑받는 존재라는 것이 감격스러웠고, 내가 언젠가 사랑하는 이의 곁을 떠나야 한다는 것을 새삼 되새겼다. 나는 말없이 딸아이에게 밀린 4년 치 사랑을 전할 방법을 궁리했다.

웃겨야 산다

오랜 세월, 한국인은 잘 웃지 않았다. 사람들은 휴일 저녁이 되어서야 텔레비전 속 코미디를 보며 웃음을 터뜨렸다. 그런데 <개그콘서트>가 피날레였다. 매주 소시민들에게 적잖은 위로를 안겨주었던 히트작이 20여 년 만에 막을 내렸다. 그 사이 사회 분위기가 훨씬 유연해져 꼭 코미디 방송이 아니더라도 웃음을 소비할 방법이 다양해졌기 때문이다.

요즘은 대부분의 텔레비전 프로그램이 웃음을 최고의 화두로 삼는 듯하다. 대중을 웃게 하는 능력이 방송의 가장 큰 재능이 되어버렸다. 예능뿐만 아니라 드라마와 사회 비평 프로그램까지 습관적으로 유머 코드를 심기에 이르렀다. 어느덧 유머가 미덕을 넘어 생존과 성공, 자본의 필수 요소가 된 것이다.

그와 같은 변화에는 어떤 의미가 있을까? 혹시 그것은 우리의 삶이 점점 더 각박해진다는 반증 아닐까? 때로는 역설이 진실을 드러내는 가장 좋은 수단이다. 우리는 왜 여전히 텔레비전 앞에서 가장 큰 웃음을 터뜨린단 말인가.

두 얼굴의 인간

인간은 자주 치졸하다. 자기도 오십 걸음 도망갔으면서 백 걸음 달아난 사람한테 낯간지럽게 손가락질한다. 자기가 과속해서 단속에 걸렸으면 그냥 대가를 치를 일이지, 왜 먼저 과속한 사람은 안 잡았느냐며 시비를 따진다. 잘못에도 정도가 있고 잘못에 대한 처벌 역시 공평해야 하지만, 어쨌든 잘못을 저지른 사람이 반성에 앞서 면피하려 드는 것은 바람직하지 않다. 그래봤자 자기 위신만 깎일 뿐이다.

인간은 필요에 따라 자신을 타인과 결합하거나 분리하는 현란한 기술을 가졌다. 그것으로 이익을 좇으며 잘못을 합리화한다. 자기 편의에 따라, 나와 타인은 똑같은 인간이기도 하고 서로 다른 인간이기도 하다. 흔히 말하는 내로남불이 거기에서 나온다. 인간은 필요에 따라 자신을 집단의 일원으로 규정하거나 철저히 개인으로 남겨둔다. 자기 책임을 회피할 때는 집단의 일원이고, 혼자일 때의 만족이 더 크면 단박에 집단을 내팽개친다. 야누스가 신화 속 이야기만은 아니다.

사탕을 먹는 방법

사탕 한 꾸러미를 선물 받았다. 거기에는 짧은 메모가 덧붙여져 있었다.

"천천히 빨아먹어도 되고, 단숨에 깨먹어도 됩니다. 조금씩 아껴 먹으면 오랫동안 달달하고, 단숨에 씹어 삼키면 화끈하게 달콤합니다. 오랫동안 달달하면 심심하지 않고, 화끈하게 달콤하면 정말 재밌습니다. 이래도 되고 저래도 됩니다. 당신 몫의 사탕이니까, 당신 방식대로, 그냥 맛있게 먹으면 되는 겁니다."

꿈이 아닌 것 같았던 어느 날의 꿈 이야기다. 늘어지게 낮잠 한숨 자고 일어났더니 입 안이 텁텁했다. 나는 머리맡에 두었던 사탕 하나를 입에 넣으며 또 다른 사탕들에 대해 생각해보았다. 나에게 몇 알 남지 않은 사탕들을 어떻게 먹어야 하나 곰곰이 궁리해보았다.

내 눈에는 내 안경

글자가 흐릿하다고 남의 안경을 가져다 쓸 수는 없다. 그랬다가는 어지럽고 메슥거리기 십상이다. 사람들이 일상에서 사용하는 물건들 중 안경만큼 예민한 것도 별로 없다. 안경은 개별성이 몹시 강한 물건이다. 어느 안경의 내재적 가치는 바로 그 주인에게만 의미가 있다. 그럼에도 사람들은 남의 안경으로 세상을 보고는 한다. 실제의 안경이 아니라 인생관과 세계관의 안경이 그렇다는 말이다. 남의 안경을 쓰고 바라보는 세상이 왜곡되지 않을 리 있나. 남의 안경으로 바라보는 세상은 결국 나의 세상이 아니다. 심지어 사람들은 남의 안경을 쓴 채 세상을 설명하기도 한다. 원래 자기 시력이 아니므로 논리는 부족하고 고집만 세기 일쑤다.

한 할머니가 돋보기 쓰고 아기를 내려다보면서 "우리 손주, 참 잘생겼네!"라고 혼잣말을 한다. 남들이 고개를 갸웃하면 어떤가. 할머니의 세상에는 분명 웬만한 배우보다 잘생긴 손주가 있다. 그러면 된 것이다. 남들이 그 돋보기를 쓰면 눈앞이 빙빙 돌 뿐이겠지만.

다시 도돌이표

음악 시간에 배운 도돌이표에 은유가 있구나.

세상의 모든 도돌이표는 끈기가 대단해 변덕을 부리지 않는다. 시내버스는 하루에도 몇 번씩 갔던 길을 가고 또 가고, 왔던 길을 오고 또 온다. 하늘을 날아가는 철새는 머물렀던 강변에서 대를 이어 또다시 머물며 종족을 번성한다. 꽃 진 자리에 다시 꽃이 피고, 해가 바뀌었지만 아이들의 웃음소리는 다시 운동장을 채운다.

세상의 악보에는 다 아름다운 도돌이표가 있구나.

오늘도 지하철역은 어제의 사람들로 붐빈다. 해와 달이 매일 앞으로 나섰다 뒤로 물러나며 환히 또는 은은히 천지간을 비춘다. 내가 어렸을 적에 사진을 찍었던 언덕에서 아이들이 닮은 포즈로 사진을 찍고, 할머니가 떠나간 길을 따라 엄마의 뒷모습이 떠났다. 나의 노래는 몇 번이나 더 악보를 살아야 하나. 도돌이표가 많은 악보는 나를 차갑게도 했다가 뜨겁게도 한다. 나를 소중하게도 했다가 섭섭하게도 한다. 걷고, 또다시 걷는다.

처음부터 다시 하기

단추 하나를 잘못 채우면 옷매무새가 엉망이 되어버린다. 어디서 잘못됐는지 알아봤자 대충 어떻게 할 방법은 없다. 귀찮고 짜증나더라도, 깊은 숨 한번 후우 내쉬고, 애써 채웠던 단추 다 풀어헤쳐 처음으로 돌아가는 수밖에 없다.

큰아이가 오랜 시간 준비한 시험에 합격하지 못했다. 꽤나 어려운 시험이라 그럴 수 있다고 생각했지만, 그토록 지난한 과정을 또다시 처음부터 해내야 한다는 부담이 문제였다. 무엇을 처음부터 다시 한다는 것은 이미 경험한 수고와 고통과 불안을 고스란히 되새김한다는 의미다. 차라리 처음 가는 길은 용감할 수 있지만, 어디에 어떤 고비가 도사리고 있는지 알면 두려움이 더 커진다. 한번 갔던 길을 다시 가려면 실패의 트라우마와 더불어 반복의 권태까지 극복해야 한다.

하지만 어쩌겠는가. 인간의 삶에는 처음부터 다시 시작해야 하는 일이 생기게 마련인 것을. 단추 하나를 잘못 채웠으면, 설령 옷을 바꿔 입으려 해도, 일단 모두 풀어헤친 다음 출발선에 다시 서야 한다.

천성은 못 말려

마구 엉클어진 실타래를 해결하는 방법은 두 가지다. 뒤엉킨 부분을 가위로 싹둑 자르거나, 한 올씩 땀 흘려 풀어내거나. 가위로 자르면 빠른데 속상할 수 있고, 땀 흘려 풀어내면 뿌듯한데 답답하겠지.

나의 천성은 아무래도 한 올씩 땀 흘려 풀어내는 쪽에 가깝다. 지난날, 과단성과 순발력을 앞세우기보다 나 혼자 주저앉아 이것저것 궁리할 때가 많았다. 그러다 보면 세월은 가고, 붙잡아야 했던 것들은 바람처럼 사라져버렸다. 아무리 애써봤자 결코 풀어낼 수 없었던 뒤엉킨 실타래도 수두룩했고.

나는 이제야 가위로 싹둑 단박에 잘라내야 하는 일이 적지 않다는 것을 깨닫는다. 안타깝게도, 인생의 결실이 반드시 정성에 비례하지는 않으니까. 우물쭈물 망설이며 미련을 갖기에는 인생이 별로 길지 않으니까. 그럼에도 나는 다시 엉클어진 실타래를 앞에 두고 고민에 빠진다. 과감히 잘라내야 하나, 좀 더 풀어봐야 하나. 선택은 자유일 텐데, 또 나의 천성이 삐죽 고개를 내민다.

또 다른 예의

우리는 어려서부터 타인의 호의에 대해 감사 표현을 하라는 예절 교육을 받는다. 어른이 용돈을 주면 고맙다는 말과 함께 정중히 고개 숙여 인사하라고 배우는 식이다. 그와 같은 예절은 일상의 에티켓이라서, 성인이 된 후에도 누가 자기에게 마음을 써주거나 물질적 도움을 주면 그에 합당한 인사를 하게 된다.

그런데 나는 그런 예절 교육이 너무 수혜자의 태도에만 치우친 것 같아 아쉽다. 우리는 왜 시혜자의 예절에 대해서는 주목하지 않나. 나는 호의를 베풀 적에도 반드시 지켜야 하는 예절이 있다고 믿는다. 설령 타인에게 돈을 준다고 해도 상대방의 의사나 심정을 헤아리지 않는다면 또 다른 의미의 무례라고 생각한다. 나는 "May I~"라는 영어식 표현에 담긴 예의에 우리도 익숙해지기를 바란다. 시혜자라고 해서 상대방의 삶과 일상에 자기 맘대로 불쑥 개입하는 것은 옳지 않기 때문이다. 내가 도움을 주는 쪽이라고 해서 결정권을 쥐는 것은 결코 아니다.

인간에 대한 예의

우리가 지켜야 할 예의 중 최고는 '인간에 대한 예의'다. 어른에 대한 예의, 이웃에 대한 예의, 공동체에 대한 예의 따위가 아니라 인간 그 자체에 대한 예의가 가장 중요하다는 말이다.

인간에 대한 예의란 무엇인가. 타인 역시 나처럼 유한한 생을 살아가는 가련한 존재인 것을 알아 좀 더 이해하고 용서하는 것이다. 형식으로 그치는 예의범절이 아니라 진심을 담아 공경하고 사랑하는 것이다. 나의 존엄을 내세우는 만큼 타인의 인격과 인권을 존중하는 것이다. 그러면 어른에 대한 예의, 이웃에 대한 예의, 공동체에 대한 예의가 따로 필요 없다. 인간에 대한 예의만 있으면 모든 차별을 반성하고, 종교의 지향을 일상에서 실천하게 된다.

인간에 대한 예의는 상명하복이 아니다. 허울뿐인 관습의 지배가 아니고, 집단을 위한 개인의 희생도 아니다. 단지 인간을 인간으로서 예의를 갖춰 대하는 것이다.

인생이 흘러간다고

인생이 흘러간다고?

강물처럼? 구름처럼? 바람처럼? 인생이 정말로 흘러간다면 어디에서 어디로 흘러간단 말인가. 나는 인생이 제자리걸음할 뿐이라는 생각이 들고는 한다. 내가 보기에는, 인생이 흘러가는 것이 아니라 풍경이 흘러가는 것이다. 나는 가만있는데 차창 밖이 달라져 마치 내가 어딘가로 나아가는 것 같은 착각이다.

나의 인생은 스크린에 찍어놓은 까만 점 하나인지 모른다. 나는 꼼짝없이 한자리에 갇혀 있고, 분주히 필름이 돌아가면서 주변을 바꾼다. 그러니 날마다 어디로 가는 듯해도 제자리일 뿐이지. 내가 그리워 손 내밀어도 한 번 지나간 신(scene)은 다시 붙잡을 수 없지. 안녕, 기억 속의 모든 환희와 눈물이여. 인생은 흘러가는 것이 아니라 제자리에서 새까맣게 타들어가는 맹점. 영화가 끝나고 나면 아무도 눈여겨보지 않는 텅 빈 스크린의 작고 까만 상흔. 인생은 흘러가지 않고 처음 그곳에서 잠깐 흔들릴 뿐이리. 여기에 인생을 내버려둔 채 모든 것이, 영영 떠나리.

봄날은 간다

줄지어 선 벚나무 아래를 거닐며 나무들의 사연을 듣는다. 하얗게 펑펑 터지는 나무들의 수다에 귀 기울인다. 다시, 봄이다. 벚꽃이 만발하다. 여린 햇살이 비칠 적마다 하얀 꽃잎들 자음과 모음처럼 반짝여 이야기를 쏟아낸다. 겨울의 상처가 깊어 나무들은 순결하구나. 바람결에 봄이 흩날린다. 봄이 눈송이같이 하늘을 떠다니며 짧은 만남과 긴 이별을 예감한다. 계절 하나를 다 건너지 못하는 꽃잎들. 눈앞에 어른거리는 하얀 눈물방울들. 세상에서 가장 가벼운 슬픔들. 나는 벚나무 아래를 거닐며 나의 사연을 듣는다. 벚꽃이 우르르 피고 질 때까지만 나의 생애가 담소(談笑)하겠지. 아무데나 내려앉은 꽃잎들이 허밍한다. 봄은 짧다고. 오늘은 짧다고. 모든 내일은 기약할 수 없는 것이라고. 그렇게 봄날은 간다.

불쌍한 것

어쩌다 회를 뜨러 가면 속수무책과 불가항력의 신세가 어떤 것인지 새삼 확인하게 된다. 수조 안의 우럭 한 마리가 뜰채에 담겨 도마 위에 던져진다. 가게 주인은 칼등으로 우럭의 머리를 때려 기절시킨 다음 날렵하게 포를 저미기 시작한다. 우럭의 꼬리지느러미 쪽이 두어 번 퍼덕거리지만 소용없는 노릇이다. 우럭은 가게 주인의 우악한 손아귀에 붙잡혀 들리지 않는 비명을 토할 뿐이다. 속속들이 저미는 것은 얼마나 쓰리고 아픈가. 속수무책의 생이 불가항력의 주검이 되고, 하얀 스티로폼 접시에 납작하고 가지런하게 바다의 비애가 눕는다.

불쌍한 것. 나는 살아 있는 모든 것의 속수무책과 불가항력을 동정한다. 아무래도 어쩌지 못하는 무엇을 딱하고 가엾게 여기는 것이다. 아무리 몸부림쳐도 벗어나지 못하게 하는 무엇을 미워하고 원망하는 것이다. 소주 한잔 들이켜며, 나는 자유가 일렁이는 먼 바다를 그리워한다.

순간의 묘미

우리의 인생에 처음부터 대단한 스토리라인이 있는 것은 아니다. 인생은 러닝타임 두 시간짜리 영화나 두툼한 장편 소설처럼 치밀한 기승전결로 구성되지 않는다. 한마디로 단순화하면, 인생은 어쩌다 보니 이렇게 된 것이다. 어쩌다 보니 저렇게도 되는 것이다. 계획과 노력이 있겠으나 그것은 여러 디테일 중 일부일 뿐이다. 인생의 스토리라인은 맥락 없는 무수한 순간이 모여 완성된다.

순간은 비현실을 순식간에 현실로 만든다. 욕망이 눈 깜짝할 새 오르가슴을 느끼는 것처럼. 분노가 불현듯 살인을 저지르는 것처럼. 순간의 집합이 마침내 역사를 만들기도 한다. 그때의 그 선택이 전혀 다른 결말을 낳은 것처럼. 그날의 결심이 그의 일생을 탈바꿈한 것처럼. 우리의 사랑이 증오가 되기까지, 우리의 죄가 참회가 되기까지 긴 시간은 필요하지 않다. 한순간의 돌풍과 어느 순간의 번쩍임이 뒤섞이며 우리의 인생이 나아간다. 순간의 묘미가 인생에 있다.

직선과 곡선

일직선으로 뻗어 곧장 앞으로 나아가야 빠르다. 그런 원리로 고속도로가 만들어졌다. 출발점에서 도착점까지 가장 짧은 시간에 도달하려면 최대한 직선으로 내달려야 한다. 하루가 다르게 자라나는 어린아이는 직선으로 성장하고, 우리의 세월도 쏜살같이 직선으로 흘러간다. 한때의 사랑과 오늘의 미움도 그렇지 않나. 사랑과 미움은 삶의 급소를 거침없이 일직선으로 꿰뚫는다.

그러나 인생을 직선의 성질만으로 설명할 수는 없다. 어떻게 전 생애를 직선으로만 노력하고, 직선으로만 고백하고, 직선으로만 쾌락할까. 우리는 너나없이 어두운 길모퉁이에서 서성이고 망설인다. 어둠 속에 웅크리고 앉아 지나온 길을 되돌아보며 후회가 깃든 노래를 연신 읊조리기도 한다. 이리저리 뒤틀린 곡선이 아무렇게나 뒤엉키는 날들. 삶에는 불굴의 의지만으로 돌파할 수 없는 난제가 수두룩하다. 어느 때는 뫼비우스의 띠처럼 휘어져 안과 밖이 따로 없고, 출발점과 도착점조차 구별되지 않는다.

보이는 것이 다가 아니므로

사람들은 가끔 '빙산의 일각'이라는 말을 사용한다. 어떤 일의 대부분이 감춰져 있어 겉으로 드러난 부분은 극히 일부에 지나지 않는다는 뜻이다. 빙산은 대개 극지방의 바다에 떠다니는 높이 5미터 이상의 얼음산을 가리킨다. 그보다 작은 얼음덩이는 유빙이라고 부른다.

빙산에는 널리 알려진 비밀이 하나 있다. 전체 빙산의 크기에서 수면 위로 보이는 부분은 8퍼센트 남짓하다는 사실이다. 나머지 92퍼센트는 항상 바다 속에 잠겨 있다. 따라서 5미터짜리 빙산의 실제 높이는 약 63미터에 이른다.

그러므로 빙산의 일각이란 말은 "보이는 것이 다가 아니다."라는 경구라고 할 만하다. 사람들은 섣불리 타인을 판단하고 제멋대로 마름질한다. 자기 눈에 보이는 모습이 그의 전부이고, 자기가 생각하는 것이 그의 실체라고 지레짐작한다. 하지만 인간은 빙산보다 더 단단하고 차가우며 미끄럽지 않나. 인간도 빙산 못지않게 수면 아래 묻어둔 92퍼센트의 진실이 존재할 수 있다.

단언컨대

단언컨대, 단언할 수 없는 것이 사람의 일이다. 나는 반드시 하겠다고, 절대로 아니라고, 당연히 그럴 것이라고 큰소리칠 수 없다. 무엇을 딱 잘라 확언할 만큼 인생은 단순하지 않으니까. 철석같은 약속이 빈말이 되고 호언장담이 흰소리로 그치는 것을 나는 수없이 되풀이해왔으니까.

내가 실없이 웃으며 객쩍은 악수를 건넬 줄 상상도 하지 못했다. 내가 그 사람의 삶보다 이력을 신뢰할 줄 상상도 하지 못했다. 내가 아무 거리낌 없이 사실 대신 왜곡을 선택하고, 분노 대신 침묵을 이야기하고, 허기의 자존심보다 풍요의 비굴을 좇을 줄 상상도 하지 못했다. 내가 그깟 잔소리나 늘어놓을 줄, 한때 사랑했던 많은 것을 미워할 줄, 도무지 알 수 없던 것을 지금껏 알 수 없을 줄 상상도 하지 못했다. 그러니 단언컨대, 나의 삶에 대해 내가 단언할 것이 별로 없다.

세상에 없는 체중계

체중계에 오른다. 체중계의 숫자는 나의 군살과 굳은살, 속 빈 뼈대의 실체다. 나는 빈말과 게으름과 비굴로 군살을 불렸다. 사랑하는 이들을 향한 눈물과 증오하는 이들이 건넨 상처와 세상의 풍문으로 굳은살을 키웠다. 속 빈 뼈대 안에는 손으로 만질 수 없고 눈에 보이지도 않는 실존의 무게가 가득 들어 있다. 그리고 피. 나의 투명한 피가 체중계의 숫자를 더한다. 나의 피는 지리멸렬한 시간을 지나면서 핏기 없는 순수의 시간을 꿈꿔왔다. 체중계의 숫자를 내려다보며 덜컹거리는 것은 나의 영혼일까. 여기에 다다르려고 그렇게 휘청댔겠지. 이만큼 무거워지려고 그토록 많은 그리움을 삼켰겠지. 체중계가 재는 것은 고깃덩어리의 무게가 아니다. 살과 뼈와 피를 낱낱이 발라내면 허공이 남는다.

생활을 지고 먹는 밥

오피스 타운의 점심시간은 식욕의 광란이라고 할 만하다. 보통 서넛이 어울려 시끌벅적한 식탁들마다 사회생활의 부자유에서 만끽하는 잠깐의 해방감이 엿보인다. 그 소란 속에는 식당 구석에 홀로 앉아 급히 밥을 먹는 외근 직장인도 있다. 그는 말쑥이 차려 입은 셔츠에 음식이 튈까 신경 쓰면서 곧 찾아가야 할 거래처들의 동선을 계산한다.

시장의 점심시간은 또 다른 모습이다. 나는 언젠가 과일 좌판 한쪽에 등 돌리고 서서 허겁지겁 식사하는 상인 아주머니를 본 적이 있다. 얼핏 넘겨다본 그의 점심상은 식은 밥이 담긴 양은 도시락에 김치와 마른반찬 한 가지가 전부였다. 육십은 더 된 것 같은 그는 고개조차 제대로 들지 못한 채 바삐 수저를 움직였다. 그러면서도 그의 눈은 손님들을 쫓아 수시로 곁눈질을 했다.

그처럼 오피스 타운과 시장의 점심시간 풍경은 다르다. 하지만 모두 등허리에 생활을 지고 먹는 밥이라는 점에서는 하나도 다르지 않다. 사람들이 밥 먹는 모습을 보다가 괜히 마음이 짠할 때가 있다.

구구절절한 상념

어느 날, 창밖으로 내다보이는 세상이 참 구구절절하다는 상념이 들었다. 분주한 움직임들과 끊임없는 소음들을 보고 들으며 이런 무수한 조화가 다 어떻게 만들어지는 것인지 도통 헤아릴 수 없었다. 대체 우주 만물은 어떤 이치에 따라 생성하고 소멸한단 말인가. 어쩌면 이처럼 신통하게 세상만사가 얽히고설켜 저마다의 사연을 주절댄단 말인가.

동쪽에서 빛이 떠오르면 어김없이 또 하루가 시작된다. 어디선가 누가 누구를 사랑하고, 누가 누구를 미워하며, 거리의 차들은 앞으로 나아가기 위해 경적을 울려댄다. 일터로 간 사람들은 지난밤과 전혀 다른 사람들이 되고, 마른하늘에서 갑자기 소나기가 쏟아지기도 한다. 누가 누구와 다투고, 누가 누구에게 기도하고, 그 모든 불협화음이 살아 있는 증거가 된다. 구구절절한 세상에 갇혀 나는 왜 창밖을 내다보나. 어째서 나의 구구절절한 상념은 벼랑에 앉은 작은 텃새처럼 외로운가. 창문에 바람 한 줌이 스친다.

겨울나무 스케치

겨울나무는 순하다. 풍요로웠던 초록의 기억을 바싹 비워내 빈 가지마다 겸손을 매달았다. 어둠 속에서 허우적대던 뿌리는 많은 것을 놓아버려 더는 탐욕에 흔들리지 않는다. 태양의 찬란한 세례가 나무의 영광은 아닌 것. 매미들의 요란한 환호가 나무의 기쁨은 아닌 것. 달콤한 열매가 나무의 완성은 아닌 것.

겨울나무의 좁은 어깨에 차가운 서리가 내려앉았다. 그것이 바로 이제야 깨어 알게 된 나무의 각성. 겨울나무는 황량한 들판에 버텨 서서 아무것도 원망하지 않는다. 겨울나무는 웅변하지 않고, 질투하지 않고, 온몸으로 아름답게 침묵한다. 어느 날에는 겨울을 떠나지 않은 몇 마리 새들이 날아와 따스한 부리를 비빈다. 겨울나무가 나지막이 휘파람을 분다.

먼 것이 가까운 것

상엿소리에 "저승길이 멀다더니 대문 밖이 저승일세."라는 대목이 있다. 이승과 저승의 거리가 고작 대문 하나를 사이에 둘 만큼 가깝다는 뜻이다. 이승과 저승이 그럴진대 다른 것은 어련할까. 세상을 살다 보면, 평소 멀다고 느껴온 것이 지척이라는 사실을 깨닫고는 한다. 정반대로 알았던 두 가지가 이웃이거나, 나아가 한 몸인 것을 알아채기도 한다.

행운과 불운이 그렇지 않은가. 새옹지마, 호사다마라는 말이 있듯 인생에는 불운이 곧 행운이기도 하고 좋은 일에 나쁜 일이 잇따르기도 한다. 조롱과 찬양도 마찬가지다. 사람들이 찬양하던 무엇이 하루아침에 조롱거리가 되는 것을 보게 되지 않나. 여름과 겨울이 정반대의 계절 같아도 폭염이든 맹추위든 고난의 시기라는 점에서는 똑같다. 게다가 봄과 가을이 점점 짧아지니 머지않아 여름과 겨울이 맞닿을지 모를 일이다. 어쩌면 소금과 가장 닮은 맛은 설탕이 아닐까. 때로는 먼 것이 가까운 것이다.

사랑받는 슬픔

부모와 자식 사이에 사랑의 기쁨을 만끽하는 쪽은 단연코 부모다. 부모는 일방적인 사랑의 시혜자로 보이지만 명백한 사랑의 수혜자라는 것이 내 생각이다. 부모는 자식을 키우면서 사랑을 받는다. 부모가 아니면 실감할 수 없는 사랑을 자식으로 인해 절감한다. 그처럼 나를 퍼낼수록 내가 채워지는 환상이 어디 있나. 그처럼 나와 점점 멀어져도 영원히 내 곁에 머문다고 믿는 아름다운 착각이 어디 있나.

언젠가 아이들과 함께 해변을 거닐다가 나 혼자 무심히 바다를 향해 걸음을 옮겼다. 그러자 아이들이 등 뒤에서 왜 멀리 가느냐고, 왜 그렇게 멀어지느냐고 아우성이었다. 나는 아이들을 돌아보며, 홀연히 사랑받는 슬픔을 느꼈다. 이 사랑에도 끝이 있겠지. 내가 더는 아이들을 안아줄 수 없을 때 나는 아이들의 사랑을 전부 잃어버리고야 말겠지. 아이들의 사랑이 깊을수록 사랑받는 슬픔이 커진다. 끝내 잃어버리게 될 가장 분명한 지상의 사랑이 가슴을 먹먹하게 한다.

미필적 고의

미필적 고의는 범죄가 될 수 있다. 확정적 고의만 고의가 아니기 때문이다. 직접 살인 의사를 갖고 사람에게 총을 쐈든, 자칫 사람이 죽을 위험이 있는 것을 알고도 아무데나 총을 쏴 사고가 났든 그 결과는 다르지 않다. 어느 경우인가에 따라 형량에 차이는 있겠지만 죽은 사람을 되살릴 수는 없다.

그런데 미필적 고의가 행동과 달리 말에는 잘 적용되지 않는 것 같다. 특정한 대상을 향한 저주와 조롱은 범죄 행위가 되기도 하지만, 동정의 탈을 쓴 차별과 혐오의 말은 아무런 제재를 받지 않는다.

상황 하나를 가정해보자. 이미 두어 명이 타고 있는 엘리베이터 안에 심한 장애를 가진 젊은 여성이 들어온다. 그러자 한 사람이 그를 훑어보다가 혀를 끌끌 차며 혼잣말을 내뱉는다. "어이구, 앞길이 구만 리 같은 사람이 어쩌다……. 안됐네, 안됐어!" 이것이 미필적 고의에 의한 범죄가 아니고 뭐란 말인가. 일상에서 벌어지는 말의 무례가 누군가에게는 크나큰 상처를 입힌다.

비누칠을 하다가

거품이 많은 것은 미끄러지기 십상이다. 세숫비누가 향기로운 거품을 일으키다 불쑥 내 손에서 미끄러져 욕실 바닥에 나뒹군다. 그러고 보면 세숫비누 문지르는 사소한 일도 인생의 알레고리가 될 수 있다.

그동안 나는 미끌거리는 번민으로 얼마나 많은 날들을 씻어내려 했나. 나의 수치와 서투름과 우둔함을 얼마나 많은 거품으로 아닌 척 묻어두려 했나. 문지르고 또 문질러도 사라졌으면 하는 것은 닦이지 않았고, 나는 멍하니 욕실 바닥에 널브러진 한 시절을 내려다보았지. 내 손이 놓쳐버린 미끌거리는 빛. 내 손을 빠져나간 미끌거리는 꿈. 처음부터 내 손에 없었는지 모를 미끌거리는 당신.

나는 다시 세숫비누를 집어 들어 두 손을 문지른다. 여지없이 거품이 일고, 남은 시간이 또 향기를 기웃댄다.

맛보다

앙리 마티스(1869~1954)는
예술은 사물을 모방하는 것이 아니라
작가의 감정을 드러내는 행위라고 했다.

다음이라는 말

다음은 오지 않는다. 세월 갈수록 점점 더 다음은 오지 않는다. 다음에 연락할게, 다음에 갚을게, 다음에 얘기할게 같은 것도 그렇지만 다음에 생각할게, 다음에 이해할게, 다음에 좋아할게 같은 것은 더더욱 다음에 오지 않는다. 다음의 지금은 또 다른 다음을 말하므로.

오랜만에 얼굴이나 보자는 친구의 제안을 거절했다. 다음에 보자, 라고 나는 대꾸했다. 그러면서 다음은 참 편리하구나 싶었다. 다음은 참 원만하고, 다음은 참 영리하다 싶었다. 다음은 참 부드럽고 두루뭉술해 별 에너지도 들지 않는구나 싶었다. 다음이 쉽게 오지 않을 것을 알면서도 다음을 기약해 나는 또 하루 아무 일도 하지 않을 수 있었다. 다음에도 나는 다음을 말할지 모르지.

장기하와 얼굴들이 부르는 <우리 지금 만나>를 듣는다. "우리 지금 만나/ 아 당장 만나/ 우리 지금 만나/ 아 당장 만나." 거참, 나에게 다음은 오지 않는다는 것을 계몽하는 노래 같다.

앙리 마티스, <춤II>, 1910

느티나무 예찬

　나는 꽃보다 나무가 좋고, 나무 가운데 느티나무를 좋아한다. 그리고 느티나무를 바라보는 여러 각도 중에 특히 나무 아래에서 위쪽으로 올려다보는 것을 좋아한다. 느티나무 옆에 평상이라도 있으면 더 바랄 나위 없겠지. 거기에 누워 소담하게 뻗은 나뭇가지와 이파리들에 눈길을 주다 보면 마음이 절로 무사(無事)하다. 나의 모든 근심이 그리움처럼 멀다. 산들바람이라도 불어오면 자그마한 이파리들 너울대는 가벼운 소란이 어찌나 어여쁜지. 파란 하늘에 흰 구름이 뭉게뭉게 떠다니면 내 삶의 배경이 가끔은 청명할 수 있는지.

　느티나무의 신록은 청춘의 한 시절 같아 좋다. 느티나무의 한여름 그늘은 청춘을 막 지나온 젊은 가장 같아 좋다. 느티나무의 발간 단풍은 이제 청춘을 돌아보는 서늘한 길목이라 좋다. 느티나무의 겨울은 청춘을 다 잃어버려 더는 무겁지 않아 좋겠지. 나는 한 자리에서 수백 번이나 청춘을 반복하는 느티나무의 생명이 갸륵하다. 단 한 번의 청춘을 살고 기진맥진한 나의 의지박약이 부끄럽다.

앙리 마티스, <마담 퐁파두르>, 1951

혼자 끙끙 앓기

"넌 어렸을 적에 심한 감기에 걸려도 잘 울지 않았어. 밤중에 가쁜 숨을 쌕쌕 내쉬고 있어서 이마를 짚어보면 열이 끓었지."

이제는 만나지 못하게 된 엄마가 내게 여러 차례 들려줬던 이야기다. 엄마는 내가 참을성 많은 아이였다고 덧붙였지만, 그걸 그렇게 해석해도 되는지 모르겠다. 다만 부모의 기억이 왜곡될 수 있다는 점을 감안하더라도 내가 고통 앞에서 어지간히 미욱하기는 했던 모양이다. 이래저래 겁이 적지 않은 내가 왜 울지 않았을까. 별것 아닌 불안도 쓸데없는 상상력으로 증폭시키고는 하는 내가 어째서 엄마 품에 파고들어 두려움을 삭이지 않았을까.

하기야 혼자 끙끙 앓기가 나의 생존 본능인가, 하는 생각이 들 때가 있다. 나는 아무렇지 않은 듯 안달복달하며, 무심한 척하면서 알고 싶어 한다. 입 꾹 다문 채 항변하고, 뭣도 아니면서 뭐라도 되는 양 스스로 과부하를 건다. 그러니 혼자 끙끙 앓을 수밖에. 고통을 들키지 않으려고 노심초사할 수밖에. 나는 홀로 돌아누워 앓는 소리를 삼킨다.

앙리 마티스, <음악>, 1939

질문의 시작

가득 채웠어도 기어이 비워지고 마는 것이 만물의 섭리다. 나면 죽고, 얻으면 잃는다. 거창하게 말하면 우주도 그렇고, 그깟 나의 식욕도 마찬가지다. 까마득한 옛날부터 생명을 만들고 키워온 태양마저 앞으로 50억 년 후면 뜨거운 열기를 다 비워낼 운명이라고 한다. 밥 먹은 지 대여섯 시간밖에 지나지 않아 다시 꼬르륵거리는 나의 식욕이야 설명할 필요도 없다.

언젠가 어둠 속에 파묻힐 별이 오늘은 밝게 빛난다. 심지어 죽음을 예감한 별은 초신성이 되어 더 환하게 빛나려고 한다. "다 무덤으로 가는 길인데 뭐 그렇게 신나고 좋을까." 내가 재밌게 보았던 드라마에 나온 말이다. 결국 다 죽어야 하는 삶인데 인간은 영영 사라지지 않을 것처럼 산다. 나면 죽고 얻으면 잃고 채우면 비워지고 마는데 인간은 날마다 달리고 궁리하고 욕망한다.

그래서, 뭐? 어쩌라고? 누가 따지고 들면 나는 달리 할 말이 없다. 먼 훗날 온 우주에 별 하나 남지 않을 때까지, 인간이기에 갖는 어떤 질문의 시작일 뿐이다.

앙리 마티스, <춤I>, 1909

비와 눈

비는 무겁고 눈은 가볍다. 비는 시끄럽고 눈은 고요하다. 무거운 것이나 가벼운 것이나, 시끄러운 것이나 고요한 것이나 실은 내 마음이 그렇다.

비는 안으로 말하고 눈은 바깥으로 말한다. 비는 혼잣말에 어울리고 눈은 대화에 어울린다. 안도 바깥도, 혼잣말도 대화도 다 침묵처럼 외롭다.

비는 적시고 눈은 젖는다. 비는 기억하고 눈은 추억한다. 적시거나 젖거나, 기억하거나 추억하거나 나는 어제처럼 가만히 여기를 지나 저기로 가야 한다.

비는 검고 눈은 하얗다. 비는 스미고 눈은 쌓인다. 검은 것이나 하얀 것이나, 스미는 것이나 쌓이는 것이나 우리의 상처는 모두 무채색 풍경에 깃든다.

비는 흔적을 지우고 눈은 흔적을 남긴다. 비는 머물게 하고 눈은 서성이게 한다. 지우거나 남기거나, 머물거나 서성이거나 나는 다시 길 위에 선다.

앙리 마티스, <모자 쓴 여인>, 1905

식어버린 마음

　뜨거운 것의 슬픔은 식는다는 것. 냉장고에 넣어뒀던 찌개를 데우며 식어버린 마음을 떠올렸다. 무엇이 다시 뜨거워질 수 있고, 무엇이 다시는 뜨거워질 수 없나. 나는 식어빠진 찌개처럼 퍼질러 앉아 뜨거웠던 생명의 온도에 대해 생각했다. 한때 나는 후후 입김까지 불어가며 조심스레 미각의 향연에 빠져들었더랬지. 삶이 뜨겁게 끓어올라 포만한 식탁이 될 것을 기대했더랬지.

　서서히 김이 모락거리는 찌개냄비에서, 나는 차갑게 식어버린 것이 다시 뜨거워지려는 안간힘을 보았다. 안간힘이라는 말, 눈물겹지 않나. 안간힘은 돌이키기 힘든 일을 돌이키려 하는 것. 안간힘은 붙잡기 어려운 사람을 붙잡으려 하는 것. 이미 차가워진 마음이지만 그럼에도 안간힘은 그 마음에 다시 온기를 불어넣으려는 것. 나는 뜨거워진 찌개를 후후 불며, 싸늘하게 식어버린 마음의 안간힘을 염원했다.

146

불나방 같은 수컷

　　<동물의 왕국>을 보았다. 드넓은 평원에서 수사자 한 마리가 여섯 마리의 암사자와 새끼들을 거느려 무리를 이루었다. 사자 무리에서 사냥은 주로 암사자의 역할이었다. 여러 암사자가 힘 모아 사냥에 성공하면 수사자가 어슬렁이며 다가와 먹이에 먼저 입을 댔다. 세상에 이런 몰염치가 있나. 수사자는 백수(百獸)의 왕이기 전에 사자 무리 속 백수(白手)의 왕이었다. 암사자보다 훨씬 큰 거대한 몸집으로 무소불위의 권력을 휘두르는 깡패였다.

　　그러나 다른 수사자들과 치열하게 경쟁해 그 자리에 오른 수사자의 위세는 3~4년이면 끝날 운명이었다. 무엇 하나 거칠 것 없어 보이는 탐욕의 삶은 결코 길지 않았다. 머지않아 우두머리에서 내려오게 될 수사자는 젊은 사자들이 먹다 남긴 먹잇감이나 핥으며, 경멸하던 하이에나처럼, 목숨을 연명해야 한다. 그러고는 다른 수사자들에게 물어뜯기다 암사자들보다 짧은 생을 마감하고 만다. 어릴 적부터 목숨 걸고 혈투를 벌여 얻은 수사자의 영광이 고작 그 정도라니. 그럴 줄 예감하면서도 많은 수컷들이 불나방처럼 살아간다.

마음의 거문고

한자어 '琴'의 훈과 음은 '거문고 금'이다. 따라서 심금(心琴)이라고 하면 '마음의 거문고'라고 이야기할 수 있다. "심금을 울린다."라는 말은 '마음의 거문고가 어떤 자극으로 선율을 낸다.'라는 뜻이다. 얼마나 감정이 사무치면 심금이 울릴까. 그 유래가 수행 방법에 관한 부처의 가르침이라고 하는데, 나에게는 마음의 거문고라는 해석만으로도 큰 울림을 주는 낱말이다.

심금이라는 단어를 이용해 시를 쓰려고 했다. 무작정 그리웠던 것에 대해. 끝내 말하지 못한 것에 대해. 아주 오래 연주되지 않는 악기 같은 삶에 대해. 하염없이 먼지 앉고 녹슨 마음에 대해. 그냥 망각처럼 지워버린 한 음(音)에 대해. 줄 없이 연주하는 저 너머의 멜로디에 대해. 심금을 울리면 좋겠으나 심금을 울리지 못해도 상관없었다. 내 마음의 거문고가 깊이 품고 있는 선율에 귀 기울여 보고 싶었다.

반 박자 느리거나 빠르게

똑같은 이야기도 누가 하느냐에 따라 재미가 있고 없다. 나는 템포 조절에 능숙한 개그맨이 인기를 얻는다고 본다. 대중과 스텝이 똑같아서는 대중을 웃길 수 없다. 다른 사람들보다 반 박자 느리거나 빨라야 웃음을 터뜨릴 수 있다. 똑같은 대사도 언제 어떤 상황에서 쓰느냐에 따라 드라마의 몰입도가 달라지지 않나. 웃기는 개그맨은 대중의 예상보다 반 박자 느리게 일어서고 반 박자 빠르게 넘어진다. 웃기는 개그맨은 말의 템포를 맘대로 쥐락펴락해 대중을 사로잡는다.

많은 일이 대중을 웃기는 것과 다르지 않다. 남들과 똑같은 템포로 움직여서는 아무런 변별성 없는 결론에 다다르게 마련이다. 그럼에도 자의식 없이 남들과 똑같은 리듬과 속도로 살아가려고 하니 인생이 밍밍할 따름이다. 누군가의 웃음을 터뜨리려면, 누군가를 감동에 겨워 울게 하려면, 누군가의 마음을 얻으려면 반 박자 느리거나 빨라야 한다. 남들보다 반 박자 느리거나 빠르려면 남들보다 몇 배나 많은 땀을 흘려야 한다.

볼륨을 낮춰요

일상적인 대화를 하면서도 유난히 목소리가 큰 사람들이 있다. 말하는 쪽이든 듣는 쪽이든 귀가 잘 들리지 않는다면 탓할 수 없지만, 그보다는 타인에 대한 무신경이 원인인 경우가 흔하다. 그들에게 길거리는 자기 집 안방과 같다. 아무리 카페라 해도 그곳이 자기 집 거실은 아니지 않은가. 그들은 남들이 본의 아니게 자신의 사연을 엿들어도 개의치 않는 관대함을 가진 듯하다.

대개 목소리 볼륨이 높을수록 말의 양도 많다. 그들은 시시콜콜한 이야기로 장소 불문하고 30분쯤은 거뜬히 전화 통화를 한다. 점심에 먹은 음식 투정이나 타인의 뒷담화, 누군가를 향한 참견 따위. 나는 하나 마나 한 수다로 삶을 채워나가는 그들의 여유가 놀랍다. 인생이 사소한 에피소드의 집합이라는 것을 모르지 않지만, 그래도 그깟 화제로 30분 넘게 목청껏 떠들어대는 모습은 예사롭지 않다.

언젠가 내 주변의 목소리 큰 어떤 사람이 말했다. "이렇게 타고난 걸 어떡해!" 세상에 적지 않은 사람들이 자신의 천성 때문에 열등감을 품는데, 역시나 몸 안에 확성기를 넣고 사는 사람은 뭐가 달라도 달랐다.

참 한결같구나

"너, 참 한결같구나."라는 말은 긍정적인가, 부정적인가?

똑같은 말도 맥락에 따라 의미가 완전히 달라진다. 언어학의 개념을 빌려 설명하면, 하나의 기표[시니피앙]에 서로 다른 기의[시니피에]가 존재하다는 뜻이다. 누가 나의 행동에 대해 한결같다고 표현하면 그것은 칭찬일 수도, 조롱일 수도 있다. 한결같다는 하나의 기표가 특정한 상황과 분위기에 따라 여러 가지 기의를 작동시키기 때문이다. 따라서 인간의 언어는 앞뒤 문맥을 잘 헤아리고, 그 속에 깃든 뉘앙스를 정확히 간파해야 한다.

만약 인간의 언어에 무감각한 사람이 있다면 뜻밖에 심각한 피해를 감수하는 일이 벌어질지 모른다. 그러니까 "너, 참 한결같구나."라는 말을 계속 듣다 보면 스스로 변화를 거부한 채 오로지 한결같기 위해 자신을 옭죄는 사태가 벌어질 가능성이 있다. 그것이 상대에 대한 현혹, 이른바 가스라이팅이 아닐는지. "너, 참 한결같구나."라는 말이 누군가에게는 순종과 희생의 지속을 요구하는 은밀한 상황 조작으로 이용될 수도 있다는 것이다.

같은 공간 다른 일상

몇몇 대학 근처에 대규모 종합병원이 있다. 흔히 대학병원으로 불리는 그곳에는 만만치 않은 질환으로 절박한 환자들이 내원한다. 나는 드넓은 캠퍼스와 거대한 병원이 공존하는 지역에 갈 적마다 아이러니를 느낀다. 한쪽에는 막 인생의 꽃봉오리를 터뜨리는 청춘의 활력이 넘실대고, 다른 한쪽에는 조만간 다다를 삶의 종착역을 떠올리며 무기력한 사람들이 걸음을 옮긴다. 세상에나, 이런 모순과 부조화가 있다니.

한날한시 같은 공간에서 정반대의 일상이 함께한다. 대학 강의실에서는 지성과 낭만의 향연이 펼쳐지고, 가까운 병동에서는 쇠락과 불안의 신음이 번진다. 희망과 절망이 이웃하고, 빛과 어둠이 뒤섞인다. 누가 이처럼 잔인한 설계를 했단 말인가. 누가 삶에서 죽음을 보게 하고, 소멸이 생성을 덧없이 그리워하게 만들었단 말인가. 어느 날 나는 근처 공원에 손잡고 소풍 나온 한 무리의 어린애들을 보았다. 종다리 새끼 같은 아이들이 피는 꽃과 지는 꽃 사이에서 소란스레 반짝였다.

서로를 기억하는 남남

물리적 거리는 문제되지 않는다. 얼마나 자주 만나는지도 중요하지 않다. 진부하지만 마음을, 진심을 이야기할 수밖에 없다. 나는 가까이 사는 누군가에게 연락을 잘 하지 않았다. 자주 만날 수밖에 없는 누군가에게 마음을 열지 않았다. 그래서 고리타분하지만 마음이, 진심이 본질이라고 항변할 수밖에 없다.

마음을 열어 가까이 지내고 진심을 다해 자주 만나면 더 바랄 나위 없겠지. 그런데 누군가에게는 쉬운 일이 또 다른 누군가에게는 거의 불가능한 일이다. 누구는 히죽거리는 농담을 누구는 상처로 이해하고, 누구는 울 수 있는데 누구는 울지 못한다. 누구는 즐거운데 누구는 따분하고, 누구는 아무렇게나 꺼내는 말을 누구는 차마 속으로만 삼킨다. 그러니 마음은, 진심은 얼마나 어려운 숙제인가.

그가 또다시 여러 차례 손을 내밀었으나, 나는 응하지 않았다. 그로부터 3년째 그에게서는 전화조차 없다. 비로소 우리는 서로를 기억하는 남남이 되었다.

인간은 웃는다

숱한 동물 중에 인간만 웃는다. 동물도 펄쩍펄쩍 땅을 박차고 꼬리를 흔들며 신나는 감정을 드러내지만, 사람처럼 얼굴 가득 미소를 띠거나 웃음소리를 내지는 못한다. 나아가 인간은 웃긴데 웃지 않을 수 있고, 웃기지 않은데 웃을 수 있다. 아무래도 싫은데 웃을 수도 있고, 내심 좋으면서 웃지 않을 수도 있다. 인간은 인간만이 가진 웃음을 자기 맘대로 조종하는 대단한 능력을 발휘한다.

웃음은 적의를 감추는 최고의 기술일 수 있다. "웃는 얼굴에 침 못 뱉는다."라는 옛말도 있지 않나. 인간은 타인에게 미소를 띠고 악수를 청하며 평화주의자의 면모를 드러낸다. 내게 적의가 없으니 당신도 무장을 해제하라는 무언의 제안이다. 자유자재로 웃음을 다룰 줄 알수록, 말과 말 사이에 능숙히 미소를 섞을 줄 알수록 인생의 망망대해에 풍파가 잦아든다. 가끔 적의가 호의로 둔갑하는 것은 보너스. 인간의 웃음은 가뿐히 눙치고 어르는 표리부동의 기술일 수 있다.

환멸이 나를

환멸의 속도가 점점 빨라진다. 이러면 안 되는데, 하면서 환멸을 거두지 못한다. 괴롭고 속절없지만, 환멸은 자율 신경처럼 내 영혼을 작동한다. 환멸이 있어 눈앞의 네가 보이지 않는다. 환멸이 있어 나는 망설임 없이 천지간의 소란을 빠져나온다.

환멸은 통점을 사라지게 만든다. 기대와 환상이 없으니까 아픔도 없다. 아프지 않으면 위로를 갈구하지 않는다. 인정은 소용없고, 말이 통하는 것은 바람 소리뿐. 본디 인간은 마음을 공유하지 못한다. 아, 환멸이 나를 자유롭게 하리라. 자유가 때로는 얼마나 부자유한 것인지 환멸이 나를 깨닫게 하리라. 오래전 나는 환멸의 씨앗을 잉태했으니, 이제 나는 환멸의 열매가 되어 너를 떠난다. 나는 아무 미련 없이 여생을 걸어갈 것이다. 환멸은 뒷모습을 남기지 않으므로. 환멸은 안도의 한숨을 내쉬지 않으므로.

나의 환멸은 방 안에, 거리에, 식당에, 주점에, 도서관에, 시내버스에, 어디에나 있다. 나의 환멸은 기억에, 망각에, 현실에, 비현실에, 어디에나 있다. 나에게도 있다.

혼자 가는 먼 집

　허수경 시인의 시집 제목처럼 시 쓰는 일은 '혼자 가는 먼 집'이 아닐까. 인생이 본디 그러려니와, 시 쓰는 행위는 발아부터 열매를 거두기까지 지극히 개인적인 사투다. 다만 시인으로 살아가는 방식은 저마다 달라 누구는 삶마저 고립을 자초하고, 누구는 시인으로서 자신의 영역을 확장하기 위해 전심전력한다. 누구는 은둔하고 자폐하는 시 쓰기의 여진(餘震)에 빠져드는 반면, 누구는 비즈니스맨 못지않게 자본과 정치의 기교를 실컷 발휘하는 것이다.

　언젠가 집으로 낯선 시인의 시집이 도착했다. 내가 책을 냈던 출판사를 통해 주소를 알아낸 듯한데, 무명이나 다름없는 나에게까지 보냈으니 그 시집을 받아든 사람들이 꽤 많았을 것이 틀림없다. 그런데 시인의 약력이 가관이었다. 품앗이 같은 문학상 수상에 무슨 협회며 단체의 회원이라는 내용을 빼곡히 적어놓지 않았나. 그는 그것이 시인으로서의 권위와 시의 품격을 보증한다고 여기는 것 같았다. 하기야 제법 알려진 시인들이 그깟 허울에 휘둘리고는 하니 그를 탓하기도 뭣하기는 했다.

타인을 만나는 방식

지금껏 동호회나 계모임 같은 것을 해본 적이 없다. 고등학교 반창회에 두어 번 나갔다가 그마저 흐지부지해버렸다. 연말이면 인연 있는 출판사에서 송년회 초대장을 보내올 때가 있지만 여간 해서 참석하지 않는다. 뭐 대단한 가치관으로 그러는 것은 아니다. 여럿이 모이는 자리가 어색하고, 집으로 돌아오면 이상한 이물감 과 헛헛함이 뒤섞여 느껴지기 때문이다.

그리고 또 하나, 그와 같은 모임은 타인을 만나는 나의 방식과 맞지 않는다. 나는 모임 인원이 두세 명을 넘어가는 순간 대화의 집중력이 급격히 흐트러진다. 마냥 어수선한 분위기에 적응하기 힘들고, 그저 그런 방담에 지속적인 흥미를 갖지 못한다. 모든 대 화가 밀담 같을 필요는 없지만, 그래도 긴 시간을 빈말과 공염불로 만 채울 수는 없잖나.

좀 뜬금없는 말이지만, 나는 대중 강연자를 신뢰하지 않는다. 불특정 다수를 향한 그들의 뻔한 이야기에 열광하는 청중이 어이 없기도 하다. 나는 그 시간에 혼자 사유(思惟)하거나, 자신을 이해 하는 누군가와 단둘이 마주하는 편이 낫다고 생각한다.

아름다운 꽃밭

먹기 위해 사는가, 살기 위해 먹는가. 명확한 이분법이라 수준 높지 않은 질문이긴 한데, 그럼에도 이따금 자문하고는 한다. 맛있는 음식에 허겁지겁 식욕을 드러내고 나서 왠지 모멸감이 들 때, 굳이 배고프지 않아도 정해진 시각이 되면 밥상 앞에 앉아 끼니를 때울 때, 식사 메뉴를 고르며 인터넷을 뒤지다가 문득 몰입의 허탈감이 밀려올 때, 겨우 우유 한 잔 들이켜고 서둘러 출근길에 나설 때, 오늘도 짬뽕이나 시킬까 오늘은 삼선짬뽕을 먹을까 고민하다 한숨이 새어 나올 때, 아무거나 먹자고 말할 때, 먹어야 살지라고 말할 때, 밥부터 먹자고 말할 때, 밥이나 먹자고 말할 때, 허기를 느끼며 쾌감인지 불쾌감인지 헷갈릴 때.

허름한 식당 구석에서 혼자 밥을 먹고 있었다. 된장찌개를 떠서 입에 넣으려는데 나비 한 마리가 식당 안으로 날아들었다. 파리가 아니라 나비였다. 나는 무심결에 나비를 쫓으려다 손을 멈추었다. 곰곰이 따져보면 밥상이 꽃밭 아닌가. 잠시 길을 잘못 들어선 나비와 툭하면 번민하는 나의 식욕이 함께 아름다운 꽃밭을 거닐었다.

두 가지 가르침

일상의 스승인 부모에게는 보통 두 가지 가르침을 얻는다. 크게 나누면 "나도 저렇게 살아야지."와 "나는 절대로 저렇게 살지 않을 거야."라고 정리할 수 있다. 그러므로 세상의 모든 부모에게 배울 점이 있다는 말은 원론적으로 틀리지 않다. 배움이 꼭 긍정을 통한 가르침만을 의미하지 않기 때문이다. 그러니 반면교사(反面敎師)라는 말도 있지 않겠나. 비단 인격이 훌륭하고 학식 높은 사람만 교사가 아니라 무뢰한 같은 자도 때로는 교사가 될 수 있다. 결국 열쇠는 그것을 어떻게 보고 느끼고 깨닫느냐에 달린 것이다.

그런 면에서 나는 존재 자체로 자식들에게 적잖은 가르침을 주고 있구나, 라고 생각할 때가 있다. 양심상 "나도 저렇게 살아야지."의 경우라고 이야기할 것은 별로 없으나, "나는 절대로 저렇게 살지 않을 거야." 쪽으로는 썩 훌륭한 스승이라고 믿는다. 자식들이 나를 반면교사 삼아 덜 흐리멍덩하고, 덜 안달복달하고, 덜 지리멸렬하면 더 바랄 나위 없이 좋을 것이다. 그것이 스승의 마음이다.

참담한 고독

고독은 인간의 숙명이다. '고독하다'는 '외롭다'보다 더 깊이 외롭다. '고독하다'는 '외롭다'에 비해 덜 육체적이면서 더 관념적이다. 고독에는 낭만과 소외와 자기모멸 같은 것이 뒤섞여 인간의 삶을 여기 아닌 저 너머로 이끈다.

나의 청춘은 고독했다. 내 눈길이 닿는 것마다 아프고 쓸쓸했다. 그 후로도 오랜 시간 나는 청춘의 고독이 가장 아프고 쓸쓸한 것이라 생각했다. 청춘을 벗어난 고독은 외로움에 가까운 것이라며 폄훼했다. 그런데 나는 엄마가 이승에 머물렀던 마지막 며칠 동안 병원 중환자실을 오가며, 뜻밖에 고독의 정수를 보았다. 그야말로 뼛속의 골수 같은 순도 백 퍼센트의 고독.

그곳에는 청춘의 찬란한 고독이 아니라 최후의 참담한 고독이 가쁜 숨을 몰아쉬고 있었다. 육신의 마지막 거처에는 눈물보다 침묵이 더 무겁게 고여 있었다. 몇몇은 운 좋게 다시 이승에 남겨졌으나, 하루가 멀다 하고 숨을 멈춘 잔해들에 흰 천이 덮였다. 끝내 나의 엄마도, 여기 아닌 저 너머로 고독하게 사라졌다.

풍경은 지워졌다

'라떼'는 열차 등급이 비둘기호, 통일호, 무궁화호, 새마을호로 나뉘었다. 무궁화호만 해도 충분히 고급이라 대부분 새마을호는 엄두도 내지 않았다. 나는 통일호를 몇 번 타봤는데, 그 정도도 비둘기호보다는 빨라 '급행'이라는 수식이 붙었다. 그러던 것이 21세기 들어 KTX가 등장해 기존의 열차들을 모조리 압살해버렸다. 승자 독식하는 신자유주의 시대에 속도만큼 강력한 무기가 또 어디 있나.

그런데 속도는 사람들을 목적지에 빨리 다다르게 하는 대신 풍경을 지워버렸다. 이제 사람들은 한쪽 팔로 턱을 괴고 앉아 천천히 흘러가는 창밖의 산과 강을 내다보지 않는다. 창문이 열리지 않으니 풍경 속 맑은 바람에 머리카락을 흩날리지도 못한다. KTX를 타는 사람들은 얼른 블라인드를 내려 부족한 잠에 빠져들거나 스마트폰을 켠다. 모든 목표 지향의 삶은 이완 없는 효율을 추구하지 않나.

열차든 세상이든 사람이든 무엇을 성취하려면 일단 질주할 줄 알아야 한다. 그게 상식이다. 풍경은 지워졌다. 생산성 없는 곁눈질은 소용없는 일탈이다.

앞뒤 없는 플래시백

과거를 회상한다. 현재의 갈피에서 문득 지난날의 어떤 장면을 떠올린다. 과거는 현재의 원인으로만 존재하는 것이 아니다. 그냥 아무런 맥락 없이, 허공에 흩뿌려진 흑백 사진들처럼, 나의 과거가 나의 현재에 불쑥 들이닥친다.

그때 나는 하염없이 종로를 거닐며 그 거리보다 더 마음이 붐볐더랬지. 너와 마주앉아 이야기하며 네가 아닌 것들만 몰래 그리워했더랬지. 모든 풍경이 명료한 한낮이 싫어 밤으로만, 밤으로만 말없이 걸어갔더랬지. 갑자기 나를 증오했고, 갑자기 너를 외면했고, 갑자기 저 멀리에서 정체불명의 새 떼가 날아들었더랬지.

영화의 플래시백(flashback)은 현재를 설명하는데, 나의 과거는 나의 옛날일 뿐. 그냥 그 자리에 대수롭지 않게 묻혀 있다 한순간 불현듯 고개를 치켜들 뿐. 아무도 모르게 나의 삶이 잠시 멈춰서서 허공을 올려다볼 뿐. 나의 현재와 별 상관없는 나의 과거가, 나에게 자꾸만 나를 속삭인다.

음악 없는 거리

20세기 말을 건너와 21세기 초반을 살아간다. 그 사이에 많은 것이 달라졌다. 나는 그중에서도 음악에 관련된 풍경의 변화를 눈여겨본다. 여기서 나의 방점은 '음악'이 아니라 '풍경'에 있다. 오늘의 사람들은 이전과 전혀 다른 모습으로 음악을 향유한다.

세기가 바뀌면서 음반 가게와 전파사 같은 점포들이 사라지자 거리에는 음악이 들리지 않는다. 학교 앞 버스 정류장이나 비 내리는 날 상가 처마 밑에서 우연히 듣던 음악이 자취를 감춘 것이다. 카세트테이프를 파는 리어카에서 함부로 울려 퍼지던 인기가요도 마찬가지다. 저작권의 위력은 동네 마트에서도 음악을 지워버렸다. 거리의 음악은 이제 호객을 위한 소음으로 소모될 뿐이다.

오늘의 사람들은 자기 귀에만 음악을 담는다. 아무 길 위에나 함박눈처럼 내리던 음악은 옛일이 되어버렸다. 음악도 다른 물건 같이 주인이 분명해져 뜻밖의 노랫말과 멜로디에 감동하던 삶의 아름다운 우연 하나가 깨끗이 삭제되었다. 어느 면에서 마땅한 변화이기는 한데, 나는 설핏 섭섭한 감정을 숨기지 못한다.

내가 나에게 기대어

'의존증'은 인간의 질환이자 본능이다. 툭하면 누구에게 기대려 하고, 내 앞의 장애물을 누군가 치워주겠거니 하고 바란다. 부모에게 의존하고, 배우자에게 의존하고, 자식에게 의존하면서 내 삶의 무게를 덜어내려 한다. 친구와 동료에게 의존해 나의 책임을 희석하려고 한다. "나는 자존심이 세서 아무에게도 의존하지 않아."라는 말에 나는 결코 수긍하지 않는다. 인간은 너나없이 나약한 존재이므로.

베란다에 심은 강낭콩이 매어놓은 노끈을 따라 넝쿨을 뻗었다. 숫기 없이 배배 몸을 꼬며 가녀린 줄기와 이파리에 햇살을 얹었다. 내가 부어주는 한 컵의 물을 들이켜 비좁은 화분 속에서 뿌리를 키우고 미래의 열매를 조금씩 밀어 올렸다. 그러다가 노끈이 다해 아무런 지지도 없는 곳에 다다르면 자기 몸에 자기 몸을 기대며 안간힘을 다했다. 자기를 자기에게 의존해 삶의 난관을 헤쳐 나가려는 모습이었다. 창밖의 세상과 닿지 않는 고립무원이었으나 강낭콩은 쉽게 시들지 않았다.

기어이 인생도 그럴 것이다. 내가 나에게 의존해 견뎌낼 수밖에 없을 것이다.

버려진 책

책도 하나의 상품이다. 상품은 인간의 쓸모에 따라 만들어졌다가 기능이 다하면 버려진다. 책이라고 해서 가방, 모자, 그릇, 빨래집게, 냉장고, 신발 따위와 다를 바 없다. 그럼에도 책의 물성(物性)은 흔히 다른 상품들의 그것과 차별된다. 사람들은 책을 단순히 활자를 인쇄한 종이 뭉치로 보지 않는다. 책이 갖는 관념적 가치가 그 물성까지 고결한 차원으로 격상시킨 것이다. 그래서 나도 오래전에 사들여 누렇게 좀 슨 책을 흔쾌히 내버리지 못하겠지.

쓰레기 분리수거 날, 누군가 내놓은 한 묶음의 책을 보았다. 때마침 부슬부슬 비가 내려 책이 젖고 있었다. 헌책의 수요가 거의 사라진 시대이니 아마도 그 책 묶음은 한낱 파지로 처분될 것이 뻔했다. 파지 값은 활자에 담긴 지식과 지성이 아니라 종이의 무게로 결정되는 법. 한때 누군가 몰입했을 교양과 누군가 꿈꾸었을 미래가 쓸쓸히 젖고 있었다. 속절없이 젖어가는 것의 하염없는 말없음. 인간의 쓸모를 다하면 버려지는 것이 상품의 운명인데, 나의 감정 이입은 가벼이 끝나지 않았다.

노인의 소일

　그날도 아파트 단지 앞 버스 정류장에 노인이 앉아 있었다. 노인은 매일 정오가 지나면 그곳으로 나와 꼬박 두세 시간을 보냈다. 나는 몇 차례 우연히 노인과 마주친 후, 집에서 일하는 틈틈이 13층 베란다에서 그를 내려다보고는 했다. 노인은 버스 정류장 의자에 물러진 엉덩이를 붙인 채 가만히 정지했다. 담벼락에 외롭게 지팡이를 세워두고, 언뜻 보면 쌀 두어 말쯤 담은 낡은 포대자루처럼 구부정히 앉아 좁은 프레임으로 세상을 구경했다.

　노인 앞으로 한 무리의 아줌마들이 시끄럽게 걸어갔다. 다시 노인 앞으로 담배를 피워 문 아저씨가, 그 뒤를 이어 추리닝 차림의 청년이 길바닥에 침을 뱉으며 지나갔다. 얼마 뒤에는 유치원 셔틀버스에서 내릴 아이들을 기다리며 젊은 엄마들이 서성였고, 하교하는 초등학생들이 앞서거니 뒤서거니 달음박질했다. 평일 오후의 아파트 단지 주변에는 적당한 양의 소음과 적막이 번갈아 넘실댔다. 노인은 그것을 바라보며 삶을 소일(消日)하는 듯했다. 맹렬히 쏟아지는 매미 울음 사이로 몇 대의 마을버스가 더 지나가고 나서야 노인은 슬그머니 자리에서 일어났다.

나는 나의 집이

늦은 밤 귀가하다가, 멀찍이서 내가 사는 집을 바라보았다. 아파트 한 동 120개의 불빛 가운데 나의 집이 있구나. 내가 날마다 씻고 먹고 자고 뒹구는 곳. 사랑하는 이들이 머물고 있는 지상에 단 하나뿐인 나의 안. 대문을 나서면 모두 밖이지만, 언제나 내가 돌아와 지친 영육(靈肉)을 부려놓는 단 하나밖에 없는 나의 안.

나는 나의 집이 밤하늘에 떠 있는 작은 별 하나 같기도 했고, 망망대해에서 손짓하는 깨알 같은 섬 하나 같기도 했지. 별이든 섬이든 단 하나의 나의 안. 주말연속극이 있고, 8시 뉴스가 있고, 한 접시의 과일과 따뜻한 이부자리가 있는 나의 안. 몇 권의 책을 읽고, 몇 편의 시를 쓰고, 얼마간의 그리움과 얼마간의 미움을 짓는 나의 안. 수심 깊은 캄캄한 밖을 물수제비뜨는 돌멩이처럼 떠돌다 간신히 돌아오고야 마는 단 하나의 나의 안. 나는 나의 집이 까마득한 우주의 등대 같았지. 나는 나의 집이 넓디넓은 먼 바다를 밝히는 아름다운 혜성 같았지.

아무것도 아니네

사람은 무심결에 자기가 세상의 중심이라고 착각한다. 나를 한 가운데 두고 세상의 모든 관계도를 그리고는 한다. 하지만 실상은 그럴 리 없다. 일개(一介)의 인간일 뿐인 나는 모래알만큼 하찮게 세상의 급류에 이리저리 휩쓸린다.

어느 날 나는 일방적인 결별 통보를 받는다. 다시는 그를 만날 수 없고, 더 이상 그 일을 할 수 없으며, 앞으로는 절대 그곳에 가지 못한다. 내가 받아야 할 돈이 입금되지 않았고, 짧은 전화 한 통으로 약속이 깨졌으며, 미안하다는 말 한마디로 인연이 다한다. 나는 아무것도 아닌 나였다. 나는 세상의 주체가 아니라 객체이며, 내 삶의 서사(敍事)는 수동태 문장으로 가득하다.

나는 죽겠는데, 하늘은 무심히 청명하다. 나는 아무것도 아닌 나이므로, 오늘도 새들은 지저귀고 나뭇잎은 반짝인다. 아무것도 아니네. 아무것도 아니네. 문득 나는 세상에 부재하는 존재가 된다.

인류의 콤플렉스

인류 역사상 문명 발달의 한 축은 공간 개척이었다. 시대 변천에 따라 인간이 살아가는 이 땅에 좀 더 안락한 집을 짓고 농토를 개간해 식량을 늘려왔다. 또한 강에 다리를 놓았고, 평평하게 길을 닦았으며, 자동차와 비행기 같은 각종 이동 수단을 발명해냈다. 나아가 건물 안에는 엘리베이터를 설치해 수직 공간을 확장했고, 지하도로와 해저 터널 등 땅속에도 공간을 만들었다. 그 결과 한정된 공간이 실제로는 몇 배나 넓어지는 효과가 나타났고, 이제는 전 세계를 지구촌으로 일컬을 만큼 공간 이동의 한계 역시 많이 사라졌다.

그렇다면 인류가 그토록 공간 개척에 매진한 까닭은 무엇일까? 나는 그것이 시간을 극복할 수 없는 인간의 콤플렉스에서 비롯되지 않았을까 생각해본다. 즉 시간을 제어하지 못하는 인간이 그나마 가능한 공간 개척에 몰두했다는 말이다. 시간에 관한 한, 인류의 재능은 공간 개척을 통해 이동 시간을 줄이는 정도에 그칠 뿐이니까. 영원히 시간에 구속당할 수밖에 없는 인간의 숙명이 오늘도 새로운 길을 뚫고 빌딩을 높인다. 시간은 어떻게 할 도리가 없으니까.

밥벌이

밥벌이의 고단함? 밥벌이의 지겨움? 밥벌이의 부자유? 그동안 밥벌이에 대해 무수한 사람들이 숱한 하소연을 늘어놓았다. 밥벌이의 찬란함, 밥벌이의 즐거움, 밥벌이의 순수함 같은 말은 거의 들어보지 못했다. 밥벌이는 왜 답답하고 막막한 것이 되어버렸을까. 왜 나는 지난날 보름 넘게 물 한 모금 삼키지 못한 나팔꽃 같은 표정으로 일터를 오갔을까.

아이들을 키우며 밥그릇을 몇 번 바꿔주었다. 몸이 자라 먹는 양이 늘어나니 밥그릇도 좀 더 큰 것을 마련해야 했다. 나는 새 그릇에 담은 밥을 맛있게 먹는 아이들을 바라보며 생각했다. 언젠가 요놈들도 제 힘으로 제 밥그릇을 채워야겠지. 식탁의 밥그릇에 비할 수 없이 크고 깊은 제 밥그릇을 준비해야겠지.

자신의 수고로 자기 밥그릇을, 그리고 사랑하는 이들의 밥그릇을 채우는 일은 아름다우면서도 쓸쓸하다. 그것이 나의 몫일 때는 숨 가쁘고, 일찌감치 내 아이들의 그 일을 떠올리면 애잔하기 그지없다. 아이들이 밥벌이의 환희까지는 아니더라도 밥벌이의 보람 정도는 느끼면서 살아가면 좋으련만.

라이프가 삶이지

내가 태어나 처음 살았던 아파트 브랜드는 '라이프'였다. 뭐 작은 시영 아파트니 브랜드라고까지 하기 우습지만, 나는 아파트 이름으로 그만한 것이 없다고 생각했다. 라이프(life)는 생명과 삶을 의미하지 않나. 라이프아파트 각 동에서 수백 명의 생명이 수백 가지의 삶을 꾸려갔다.

라이프아파트 엘리베이터에는 매일 그렇고 그런 사람들이 타고 내렸다. 누구는 회사에 오가고, 누구는 학교에 다니고, 누구는 마트에 가고, 누구는 병원을 찾고, 누구는 산책길에 나섰다. 누구는 환하게, 누구는 어둡게, 또 누구는 그냥 무표정으로 아파트 현관문을 여닫았다. 거대한 콘크리트 더미 안에 기쁨이 드나들고, 슬픔이 드나들고, 딱히 기쁠 것도 슬플 것도 없는 권태가 머물렀다. 그게 다 생명의 증거 아닌가. 그런 것이 얽히고설키면 삶이 아닌가.

밤이면 라이프아파트 상가 호프집에 사람들이 모여들었다. 오래도록 흐린 불빛들이 꺼지지 않고 무거운 눈꺼풀을 깜박거렸다. 생명들마다 삶의 군내가 났다.

어떤 예의

지하철 에스컬레이터가 고장났다. 사람들이 투덜대며 계단을 올라갔다. 너나없이 시간이 급했는지 잰걸음으로 뛰어오르는 사람들이 많았다. 그때 내 눈에 계단 옆 철제 지지대를 붙잡고 힘겹게 걸음을 옮기는 노인이 보였다. 다른 이들에게 별것 아닌 일이 누군가에게는 만만치 않은 장애물로 받아들여지지 않나. 노인이 오르기에 계단이 너무 높았다. 젊은 사람들은 거뜬히 올라가 깊은 숨 한번 내쉬면 그만인데, 노인에게는 그 길이 등반에 견줄 만해 보였다.

나는 노인을 재빨리 앞지르려다 문득 걸음을 늦췄다. 그런 망설임을 뭐라고 표현해야 할까. 만약 내가 성큼성큼 계단을 올라간다면 그 노인에게 말 못할 열패감을 안겨줄 것만 같았다. 괜히 그 노인을 한탄과 허무의 기분에 빠져들게 할 것만 같았다. 일말의 동정심이 아니었다. 나에게는 평균치 이상의 측은지심이 없다. 그럼에도 나는 노인 곁에서 멀찍이 물러나 천천히 계단을 올라갔다. 가만 생각해보면, 그것은 아직 늙지 않은 내가 머지않아 늙어버릴 나에게 갖추는 예의였다.

느끼다

에두아르 마네(1832~1883)는
"삶의 역동적인, 결정적인 한순간"을
화면에 담아내려 노력했다.

아름다운 단어

내가 졸업한 중학교의 교훈은 '성실'이었다. 교문 안에 들어서면 '성실로'가 있었고, 각 교실의 칠판 위에는 '誠實'이라고 쓴 액자를 태극기와 함께 걸어두었다. 어떤 체육 교사는 교복 입은 어린 학생들에게 거수경례를 시키며 "성실!"이라고 구호를 외치게 했다. 그때는 월요일마다 전교생이 운동장에 모여 애국조회를 했는데, 그가 행사를 진행하면서 그런 방식으로 교장 선생님에게 인사를 시켰다. 그 체육 교사의 눈에는 학교 운동장이 연병장으로 보였는지 모를 일이다.

그래서였을까. 한동안 성실이라는 단어는 나에게 아무런 감흥을 주지 못했을 뿐더러 괜한 반발심까지 들게 했다. 어지간히 나이가 들어서도 성실은 삶의 구속과 통제, 권태와 불변 같은 느낌을 갖게 할 때가 많았다. 하지만 이제 나는 안다, 성실이 얼마나 아름다운 단어인지. 정성스럽고 참되게, 한결같이, 가볍게 흔들리지 않고 쉽게 쓰러지지 않으며 인생을 살아가는 것만큼 격려 받아야 할 일이 또 뭐란 말인가. 내가 묵묵히 걷고 걸어 어디에 이르게 된다면 그것은 무엇보다 성실의 힘이다.

에두아르 마네, <라뛰유 아저씨네 식당에서>, 1879

혁명을 지운 지 오래

교육의 기능 중 하나는 '길들이는' 것이다. 교육의 의미를 폄훼하고 싶지 않지만, 역사와 전통을 자랑하는 그와 같은 측면을 부정할 수 없다. 인간이 교육을 통해 인간을 길들여 문명을 발달시켜왔다. 어차피 계통 발생의 범주를 벗어나지 못하는 개체 발생이랄까. 비단 학교 교육만 이야기하는 것이 아니다. 가정, 마을, 직장을 비롯한 사회 전체가 공동체의 구성원을 길들이는 데 협력했다. 권력은 혁명을 일으켜도 개인은 혁명을 꿈꾸지 못하게 만들었다.

늦은 밤 지하철에 앉아 맞은편 사람들을 바라보았다. 모두 자기 나이만큼 교육받아 길들여진 얼굴에 피로가 가득했다. 그들은 내일을 살기 위해 오늘을 참았다. 그들의 순한 눈동자에 두려움이 얼비쳤다. 순종과 인내와 타협이 교육의 미덕인가. 우리 모두 가슴에서 혁명을 지운 지 오래. 우리 모두 삶에서 혁명을 들어내 방만한 침묵만 남겨놓은 지 오래. 너와 나는 길들여져 소리 없이 우는 방법을 알았다. 너와 나는 축 늘어진 고무줄처럼 저마다 자신의 숨통만 겨우 붙들었다. 우리의 혁명은 진압도 당하기 전에 소멸했다.

에두아르 마네, <에밀 졸라의 초상>, 1868

표절과 복사의 생애

사람 사는 게 다 거기서 거기지, 라고 말한다. 사람 사는 게 다 똑같지, 라는 말도 들린다. 누구는 하루에 열 끼 먹나, 라는 우스갯소리도 있다. 전적으로 수긍하기는 어렵지만 이따금 그런 말에 고개를 끄덕이게 된다. 너나없이 허구한 날 지지고 볶으며 사는 게 삶의 유치한 진실이지 않나. 부자는 돈으로 타락하고 가난한 자는 돈으로 괴로울 뿐. 명망가는 이면이 추악하고 평범한 사람은 일상이 남루할 뿐. 쥐뿔 나게 잘난 척해봐야 결국 우리는 모두 여기에 없는 존재다. 천국이며 내세며 우리가 믿는 대로 실현된다는 보장도 할 수 없다.

인간은 누구나, 표절과 복사의 생애를 망연히 살아갈 따름이다. 돈을 좇아 표절하고, 진리를 좇아 표절하고, 구원을 좇아 기도를 표절한다. 사랑과 미움을, 온갖 희로애락을 표절한다. 또한 인간은 오늘을 복사해 내일을 만들고, 내일을 복사해 인생을 완성할 따름이다. 획 하나 점 하나 다르지 않은 똑같은 문서를 맹렬히 뱉어내는 프린터처럼. 우리는 모두 서로를 복사하며 한 시절을 살아간다.

에두아르 마네, <카페 콩세르의 한구석>, 1880

나는 떠나지 않고

서울 태생치고 나만큼 생활의 터전을 옮기지 않은 경우도 흔치 않겠지. 직장은 뻔질나게 바꿨으면서 잠자는 주소지는 구(區) 경계조차 넘은 지 오래다. 성동구에서 태어나 동대문구에서 살다가, 십 대 후반부터는 지금껏 노원구를 벗어나지 않고 있다. 그 사이 여러 일이 있었으나 어느 일도 나의 거처에는 큰 영향을 끼치지 못한 셈이다. 익숙한 것들이 충분히 낯설었기 때문일까. 나는 한 손에 다 헤아릴 만큼 서울 변두리 동네만 싱겁게 오르내렸다.

아마도 나는 동물보다 식물에 어울리는 생명인지 모른다. 나는 왜 이삿짐을 들어내고 나면 방바닥을 뒹구는 한 움큼의 먼지에 마음이 가는지. 응어리 같기도 하고, 무기력 같기도 하고, 불안과 몽환 같기도 한 내 삶의 잔해에서 왜 쉽게 돌아서지 못하는지. 아뿔싸, 그래서 그럴 것이다. 여기에 깊이 묻어두고 살아가는 두려움과 형편없음과 망설임이 들통날까 봐, 나는 먼 곳으로 훌훌 떠나려 하지 않을 것이다. 한 자리에 오래 머물면서도 시들지 않는 방법을 궁리할 것이다. 작은 화분 안에 내가 있다.

에두아르 마네, <맥주를 마시고 있는 여인들>, 1878

나의 변화를 몰라

오랜만에 스크린에 나온 내 또래 배우가 그새 참 많이 늙었다. 아직은 야박한 표현이지만, 워낙 예쁘고 말쑥했던 터라 "어이쿠, 저 사람도 늙었네."라는 말이 절로 입 안에 맴돌았다. 하기야 누군들 세월을 당해낼까. 사람의 생각과 태도는 좀체 변하지 않아도 육신은 순식간에 달라지는 법이다.

대부분의 인간은 몸이든 정신이든 스스로 자신을 관찰하지 못하는 맹점을 가졌다. 나는 "몸은 늙었어도 마음만은 청춘이야." 같은 말을 좋아하지 않는데, 그 역시 자기 자신을 성찰하지 못하는 인간의 한계로 이해하기 때문이다. 어떻게 몸과 마음의 불균형에 대해 회의하지 않은 채 시시덕거릴 수 있나.

인간이 스스로 자신을 주시하려면 하다못해 거울이라도 있어야 한다. 아니면, 타인의 변화라도 목격해야 가까스로 자신의 변화를 받아들인다. 얼굴에 검댕 묻은 사람과 깨끗한 사람이 함께 있으면, 오히려 세수를 하는 쪽은 얼굴이 깨끗한 사람일 확률이 높다. 인간은 아둔해서 자기 몸이 늙은 것도, 자기 정신이 퇴락한 것도 자각하지 못할 때가 많다.

에두아르 마네, <맥주를 서빙하는 웨이트리스>, 1879

나무 박사가 되면 좋겠어

나를 닮아서인지 두 아이 모두 이른바 문과 체질이다. 수학 공부를 열심히 하기는 했어도 앞날에 대한 책임감 때문이지 흥미가 크지는 않았다. 나는 좀 아쉬웠다. 막연히 아이들이 나무를 연구하는 학자가 되면 좋겠다고 생각했는데 그 기대를 접을 수밖에 없었다.

나는 아이들이 어렸을 적에 함께 홍릉수목원에 가고는 했다. 그때마다 도심에서 느끼기 어려운 평화에 흠뻑 빠져들었다. 그러면서 뜬금없이 아이들 중 누군가는 훗날 나무 박사가 되면 어떨까 상상했다. 평생 나무만 보고 살아도 전기세, 물세 내고 제 새끼들 잘 키우며 그럭저럭 생활할 수 있지 않을까 기대해보았다.

나는 두 아이가 아비처럼 인간의 예의를 배우지 않기를 바랐다. 예의인 척 헐뜯고 짓밟는 인간의 허위에 길들지 않기를 바랐다. 그 대신 한들거리는 나무들의 수런거림에 귀 기울이며, 나무들이 드리우는 다정한 그늘에서 안식하며, 자기가 사랑하는 것들을 잃어버리지 않기를 바랐다. 나무 박사로 살아야만 그럴 수 있는 것은 아니겠으나, 나는 자꾸 숲으로 난 길로 아이들을 데려가고 싶었다.

점 하나만 찍으면

남을 단숨에 님으로 만드는 비결은? 글자에서 점 하나만 지우면 된다. 반대로 님이 순식간에 남이 되는 것도 아주 간단해 글자에 점 하나만 찍으면 그만이다. 트로트 가요 <도로 남>이 이미 수십 년 전에 그처럼 날카롭게 연애의 속성을 꿰뚫었다. 딱 한 번 살다 가는 인생에 죽을 만큼 심각한 일이 대체 뭐란 말인가. 왜 안달복달하고 질척대느라 아까운 시간을 허비한단 말인가.

문제는 감정 과잉이다. 뭐든 과해서 좋을 것이 없지만 그중에서도 감정 과잉은 감정 낭비, 나아가 감정 함몰로 이어지기 십상이다. 어떤 일에 지나치게 감정을 분출하다 보면 결국에는 자기 감정의 소용돌이에 자신이 휩쓸려 들어가 에너지를 탕진하게 된다. 그럼에도 사람들은 사랑과 미움에, 위선과 위악에, 기준조차 모호한 옳고 그름에 넘치도록 감정을 쏟아 부으며 살아간다.

감정의 질량을 제어하는 것이 쉬울까만, 감정 과잉은 자기 주도적 삶을 위해 반드시 해결해야 할 과제다. 팬데믹 상황뿐만 아니라 감정에도 거리두기가 필요하다.

놀라운 일

북한강변에 갔다가 주먹만 한 돌멩이 하나를 주워 온 일이 있다. 집 안의 어항을 장식할 소품으로 쓸 심산이었다. 며칠 후 나는 어항을 들여다보다가 문득 '내가 참 놀라운 일을 벌였구나.' 하는 생각이 들었다. 그 돌멩이의 내력을 떠올렸던 것이다. 멀고 먼 옛날 요란한 지각 변동 탓에 이 땅 위로 내던져졌을 돌덩어리. 그것이 오랜 세월 한 자리에 발 묶인 채 비바람에 깎이고 강물에 흔들려 지금의 매끈한 돌멩이가 되었겠지. 그리고 어느 날 기껏해야 백 년도 못 사는 어떤 인간이 찾아와 그 돌멩이를 짐작조차 하지 못한 낯선 곳으로 데려갔겠지. 그러니까 나는 수십만 년, 수백만 년의 까마득한 역사를 옮긴 것이다. 수십만 년, 수백만 년 만에 나로 인해 지구의 한쪽 귀퉁이에 깜짝 놀랄 변화가 일어난 것이다. 내가 아니었더라면 다시 수많은 세월이 흘러도 그 돌멩이는 거기에 그대로 머물렀을 것이다.

나는 강가의 돌멩이 하나를 옮긴 일이 내 삶의 중요한 사건 같다는 희한한 생각이 들었다. 적어도 내가 펴낸 몇 권의 시집보다는 세상을 더 자극한 것 같았다.

이해란 무엇인가

　다시 말하건대, 진정한 사랑의 첫 걸음은 상대를 이해하는 것이다. 그렇다면 이해한다는 것은 무엇인가. 상대를 아는 것과 상대를 이해하는 것은 다르다. 상대를 아는 것이 겉모습에 대한 관찰이라면 상대를 이해하는 것은 정신의학적, 인문학적 인지다. 상대를 아는 것이 사실 관계에 대한 해석이라면 상대를 이해하는 것은 사실 너머에 관한 고찰을 망라한다. 상대를 안다고 결코 상대를 이해하는 것은 아니며, 상대를 이해하지 못하면 사랑의 깊이를 얻기 힘들다. 그 원리는 이성간의 사랑, 부모 자식의 사랑뿐만 아니라 우정과 동료애 같은 것에도 작용한다.

　사람은 동물처럼 본능만으로 사랑할 수 있다. 아울러 사람은 본능을 뛰어넘어 동물과 전혀 다른 차원의 사랑을 할 수 있다. 다름 아닌 이해가 그런 사랑을 가능하게 한다. 오직 사람만이 나 아닌 누군가를 이해하려고 노력한다. 그런데 안타깝게도, 많은 사람들이 이해 없이 사랑한다.

은둔형 외톨이 유감

처음에는 그냥 '히키코모리'라고 했다. 우리말로는 마땅한 개념 어가 없었던 탓이다. 그러다가 '은둔형 외톨이'로 규범 표기를 정했 다. 정신적 문제나 사회생활에 대한 스트레스 등으로 타인과 교류 하지 않은 채 외부 활동을 끊고 집 안에만 틀어박혀 있는 사회 병 리 현상.

맞다. 은둔형 외톨이는 사회 병리 현상이다. 인간은 사회적 동 물인데 스스로 사회 활동을 하지 않으니 심각한 질병에 빗대어도 딱히 반박할 문제는 아니다. 그런데 한 가지, 그 표현에서 '은둔형' 은 사실 그대로지만 '외톨이'는 논란의 여지가 있다. 사전적 의미로 외톨이는 의지할 데 없는 홀몸을 가리키기 때문이다. 더 나아가 내 재된 의미는 다른 이들에게 버림받은 불쌍한 존재이기 때문이다.

하지만 정말 그런가? 은둔형 외톨이는 자기에게 자신을 의지하 는 사람이다. 그러므로 홀로 있어도 홀몸이 아니다. 더 나아가 다 른 이들에게 버림받은 존재라기보다, 스스로 다른 이들을 자기 울 타리 밖에 내팽개친 고독한 전사다. 참고로, 일본어 히키코모리도 '방에 틀어박히다.' 또는 '뒤로 물러나다.'라는 뜻일 뿐이다.

좀 더 그럴듯하게

노인 대학에서 자서전 쓰기 프로그램이 인기라고 한다. 인생의 끄트머리에서 자신을 되돌아본다는 것은 각별한 의미가 있을 것이다. 일단 반추해야 반성도 따를 테니까. 그와 같은 자서전은 비록 내용의 얼개가 어설프더라도 진정성 하나만 제대로 갖추면 충분한 가치를 지닌다.

하지만 자서전의 진정성이 말처럼 쉬운가. 장삼이사가 쓴 자서전의 독자라고 해봐야 본인과 주변 친인척이 전부이기 십상이다. 그럼에도 자서전에는 알량한 첨삭과 분식이 판친다. 그럴듯하게 허울을 장식하거나 도무지 아름답지 않은 것을 아름답게 꾸미기 마련이다. 또한 고난은 과장하고 세상을 향한 원망은 난데없는 관용과 희망으로 마무리하기 일쑤다. 꼭 정치인들의 자서전만 그런 것이 아니다.

얼마 전 서점에 갔다가 '자전적 에세이'라는 문구를 단 몇 권의 신간을 보았다. 모두 자기 분야에서 나름 입지를 다진 저자들인데, 나는 자서전 같은 그 에세이들의 진정성을 의심해보았다. 그들은 좀 더 노회하게, 좀 더 절묘하게 자신의 삶을 편집해놓았겠지 싶었던 것이다.

잘못한 것만 잘못이 아니야

"대체 내가 뭘 잘못했는데?" 가까운 사람이 나에게 항변했다. 나는 이내 "네가 잘못하지 않았어도 잘못한 것일 수 있어. 잘못한 것만 잘못이 아니야."라고 대꾸했다. 나는 무슨 생각으로 그와 같이 궤변을 늘어놓았을까?

흔히 사람들은 능동적인 악행만 악행이라고 판단한다. 틀리지 않다. 하지만 그런 악행은 사회 규범이나 법률로써 제재하기 때문에 역설적으로 별 문제가 되지 않는다. 오히려 더 큰 문제는 악행 같아 보이지 않는 악행, 악행이 아니라고 자기 합리화할 수 있는 악행이다. 만약 내가 길거리에 쓰러져 있는 노인을 보고도 무심히 지나쳐버리는 군중의 한 사람이라면 어떤가. 만약 내가 경제력 없는 친구를 배려하지 않고 적지 않은 비용을 무조건 균등하게 1/n로 나눠 치르자고 주장하면 어떤가. 만약 내가 19명의 선행 학습을 전제로 나머지 1명의 당혹감을 무시해버리는 교사라면 어떤가. 군중의 부도덕이, 명백한 공평무사가, 다수의 편의와 효율이 면죄부가 될 수 있을까? 내가 아무것도 잘못하지 않았는데 누군가 상처를 입기도 한다.

속절없다

인간의 의지는 아름답다. 자신의 한계와 역경을 극복해내는 의지는 감동을 자아내기까지 한다. 헬렌 켈러나 스티븐 호킹만 그렇겠나. 발레리나의 뒤틀린 발가락을 보면서, 돌멩이같이 딱딱해진 야구 선수의 손바닥을 보면서, 밤새워 공부하느라 벌겋게 충혈된 수험생의 눈을 보면서 우리가 뭉클해지는 까닭은 다 인간의 의지를 새삼 확인하기 때문이다.

그러나 인생에는 의지만으로 해결하지 못할 난관 또한 분명히 존재한다. 속절없이, 속절없는 무엇. 어떻게 할 도리가 없어 단념할 수밖에 없음은, 인간의 속절없음은 얼마나 처연한 운명인지. 사람들은 인생의 여러 길목에서 속절없는 무엇에 맞닥뜨린다. 그것은 실연이기도 하고 실패이기도 하고 나아가 생사의 문제일 수도 있다. 그때마다 인간은 폭풍우 앞의 마른 나뭇가지처럼 망연하다. 고양이 앞의 생쥐처럼, 폭염 아래서 온몸을 태우는 아스팔트처럼 아찔하다. 인간의 가능성은 인간의 불가능성에 비해 얼마나 작고 나약한지. 건널목 너머 다시 빨간 신호등이 켜진다. 속절없이, 걸음을 멈춘다.

부질없는 짓

인간의 부질없는 인사치레 중 하나를 손꼽으라면 병문안을 이야기하겠다. 병원에 입원한 환자를 찾아가 병세를 묻고 위안하는 일에 솔직히 의미를 부여하기 어렵다. 그게 다 무슨 소용이란 말인가. 병상에 다가가 그렇고 그런 말을 늘어놓아 봤자 환자의 고통은 사라지지 않는다. 인간의 기쁨과 슬픔은 타인에게 전이되기 쉽지 않은데, 하물며 육신의 통증과 정신의 불안은 온전히 개인이 감당할 몫이다.

언젠가 죽음을 앞둔 사람을 문병했다. 나는 하나 마나 한 짧은 말로 그를 위로하며 병원 근처에서 산 사과 한 봉지를 내밀었다. 보호자가 깎아놓은 사과는 금세 갈변했고, 이른 더위에 열어둔 창문으로 틈틈이 지상의 열기가 밀려들었다. 머지않아 그의 마지막 여름이 찾아오겠지. 그가 공허한 눈으로 나를 바라보았다. 얼마 뒤 나는 병실을 나서며 우리는 지금 완전히 다르네, 라는 생각이 들었다. 완전히 달라서 서로 공감할 바가 아무것도 없었다. 나는 그날의 기분을 잘 알아, 훗날 병문안을 기다리지 않겠다고 다짐했다.

자발적 고립

"은둔과 자폐의 나날입니다. 밖으로 나가는 일이 쉽지 않습니다."

오랜만에 만남을 청하는 이에게 내가 보냈던 카톡 메시지다. 괜히 폼 잡으려고 썼던 문장이 아니다. 정말 나는 밖으로 통하는 문을 간단히 열지 못했다. 특별히 누구에게 그런 것이 아니라 대부분의 사람을 그렇게 대했다. 변명하자면, 굳이 대면하지 않아도 일할 수 있고 소통할 수 있는 사회 변화가 웬만큼 영향을 끼쳤다. 그밖에 나머지는 전부 내가 선택한 자발적 고립 탓이었다. 나는 발 묶인 섬이 되기를 자초했다. 가깝고 익숙한 것들만으로도 내 삶이 충분하다고 믿었다.

그렇게 살아 내가 잃을 것, 내가 마주할 현실을 떠올려보았다. 아이들의 썰렁한 결혼식과 육친의 텅 빈 장례식? 허구한 날 상대 없이 마시는 술과 침묵의 세례? 나는 이 땅의 정치와 사회와 문화에서 소외되기를 스스로 갈망하는 셈이었다. 끝끝내 욕망을 말끔히 떨쳐내지 못하면서 홀로 걷고, 홀로 기도했다. 그러면 그렇게 살아 내가 얻을 것은 무엇일까. 자유? 평화? 아니, 아무것도 없었다. 그래도 괜찮았다.

아름다운 슬픔

나는 십수 년 전 펴낸 산문집 『멜로드라마를 보다』 서문에 설악산 지게꾼 임기종 씨에 관한 이야기를 썼다. 그때만 해도 그는 지금만큼 세상에 알려진 사람이 아니었다. 나는 당시 어느 다큐멘터리에서 우연히 그를 보고 적잖이 놀랐다. 우선 깊은 산속에도 도시와 다름없는 생활의 고투가 있어서 그랬고, 임기종 씨의 그 삶이 너무나 고되지만 가슴 찡한 감동을 안겨주어서 그랬다.

나는 임기종 씨 무릎에 박인 낙타의 혹 같은 굳은살이 좀체 잊히지 않았다. 그것은 날마다 용쓰며 지게를 진 흔적이었는데, 나는 미안하게도 그 모습에서 아름다운 슬픔을 발견했다. 그는 결코 슬픔을 말하지 않았지만, 나는 주제넘게 슬픔을, 슬픔과 먼 아름다움을 떠올렸다. 시간의 심연에 퇴적한 슬픔. 그 슬픔에 저민 갸륵한 아름다움. 그의 굳은살 속 옛날은 추억이 될 만큼 가볍지 않았다. 그의 슬픔은 쉽게 드러나지 않아서 더 슬펐다. 그럼에도 그는 자신의 삶으로 다른 이들의 삶을 부축했다. 자신을 견디면서 꿋꿋이 사랑을 지탱했다. 나는 그것이 아름답게 슬펐다.

덮어버리기

집 앞 도로 밑은 수십 년 전에 개천이었다. 맑은 시냇물 대신 거무레한 생활 폐수가 흘렀다. 거기에 물고기는 보이지 않았고 날이 갈수록 정체불명의 거품만 보글거렸다. 그러던 어느 해, 구청에서 콘크리트 구조물을 씌워 개천을 복개천으로 만들었다. 사람들이 몰래 쓰레기를 내다버리기도 하던 썩은 물 위로 차들이 다니기 시작했다. 나는 수십 년째 근처에 살아 그 비밀을 알고 있지만, 이제 많은 사람들은 지난날의 불결과 악취를 짐작조차 하지 못한다.

단박에 개천을 덮어 복개천을 만드는 일은 상상력을 발동하게 했다. 삶의 치욕과 죄도 그렇게 덮어버리면 그만 아닌가. 반성은 뼈 아프고, 양심이 실리를 가져다주지는 않으니까. 쓰레기 같은 기억만 묻어버리면 후회와 자책이 필요 없으니까. 그런데 나는 복개천을 지나며 이 길이 언젠가 폭발해버릴지 모른다는 상상에도 사로잡힌다. 불결과 악취의 유독 가스가 들어찬 인생이 한순간에 탄로 날 수 있다는 두려움이라고나 할까. 도망치고 모면하고 망각한다고 뭐가 해결되는 것은 아니니까.

아직도 천동설을

천동설은 지나간 시대의 그릇된 교양인가? 지구인이 우주를 요만큼도 관찰하지 못했던 시절의 무지와 오만인가? 천문학에 관한 이야기라면 누구나 그러하다고 고개를 끄덕일 것이다. 하지만 우주가 아니라 인간에 관한 이야기라면 사정이 달라진다. 인간 세상에는 아직도 천동설이 횡행하니까.

많은 사람들이 자기 자신을 거대하게 반짝이는 항성으로 여기며 살아간다. 그래서 수많은 행성들이, 심지어 천체가 자신을 중심으로 돌아간다고 착각한다. 돈으로, 흰머리로, 완력보다 강한 힘으로, 매끈하게 사회화된 인격으로, 잘 포장한 제스처로 세상을 제 발밑에 두려는 만용을 부린다. 그들은 벌거벗은 몸으로, 어두울수록 형형한 눈빛으로, 탐욕하지 않는 열정으로 인생을 살아가지 않는다. 설득하기보다 제압하려 들고, 사랑의 방식에도 정답이 있다고 소리친다.

그것이 다름 아닌 자기중심의 삶이다. 아직도 천동설을 믿는 21세기의 비과학이다. 잘났다는 사람들이 더 명백한 사실과 진리를 받아들이지 않는다.

녹슨 그네

동네 놀이터에서 녹슨 그네를 보았다. 한때 아이들을 불러 모았으나 이제는 아무도 찾아오지 않는 고요, 고독. 그네는 일생이 녹슬어 정물(靜物)이 되어버렸다. 그림 속에 붙박인 새처럼. 어디에도 가지 못하는 나무처럼.

녹슨 그네에는 사람 대신 바람이 앉는다. 분주한 아이들이 아니라 무료한 시간이 앉는다. 흔들리며 바라보던 세상에서 흔들리지 않는 옛날이 되어, 녹슨 그네는 붉은 눈물로 젖어간다. 밤이 오면 녹슨 그네에 새까만 그리움이 앉는다.

시립천사요양원. 동네 놀이터에서 보았던 녹슨 그네가 담벼락에 기대어 있다. 곧 꽃 진 자리가 되겠지. 상처 뒤에 남는 흉터가 되겠지. 햇살이 비칠 적마다 노인의 붉은 미련이 반짝인다.

세상을 그리는 색깔

열두 가지 색깔의 크레파스를 가진 아이는 딱 그만큼의 색깔로 세상을 그린다. 스물네 가지 색깔의 크레파스를 가진 아이는 열두 가지 색깔의 크레파스를 가진 아이보다 더 적확하게 세상을 묘사할 수 있다. 예를 들어 열두 가지 색깔의 크레파스에는 파란색 계열이 하늘색과 파랑뿐이지만 스물네 가지 색깔의 크레파스에는 하늘색, 파랑, 군청색, 남색이 있기 때문이다. 크레파스 수가 서른여섯 가지로 늘어나면 바다색이라는 것도 있다.

아이들은 한때 열두 가지 색깔만으로도 세상을 충분히 그려낼 수 있다고 믿는다. 하얀 도화지에 하늘을 그리고, 들판을 그리고, 알록달록한 꽃 몇 송이를 피워내면 그만이니까. 그러나 아이들은 머지않아 깨닫는다. 이 세상을 그리려면 더 많은 색깔들이 필요하다는 것을. 종종 먹구름이 밀려오는 하늘의 슬픔과, 바싹 말라붙은 들판의 그리움과, 거센 비바람에 져버리고 마는 꽃잎들의 미련을 표현하려면 스물네 가지, 서른여섯 가지 색깔의 크레파스로도 부족하다는 것을. 세상의 풍경을 설명하기 너무나 어렵다는 것을.

일신상의 이유

사회생활을 하며 몇 차례 사직서를 썼다. 회사에서 어떤 갈등이 있었다기보다, 대부분 나의 자의식에서 비롯된 일이었다. 그때마다 나는 A4용지에 사직의 변을 적어 회사에 제출했다. 그 내용은 맨 위에 나의 신상 명세를 쓰는 것으로 시작해 "본인은 일신상의 이유 때문에 ○월 ○○일 자로 퇴사하겠습니다."라고 마무리했다. 지극히 사무적인 문장이었다. 드라이하게, 아무런 감정을 드러내지 않았다.

어느 날, 회사를 그만두고 나와 할 일 없이 한낮의 거리를 걸으며 생각해보았다. 번번이 저 밑에서 치밀어 오르는 나의 자의식에 대해. 나의 진짜 일신상의 이유에 대해. 나는 창밖에 불던 4월의 봄바람에 흔들린 것일까. 나는 곁에 있는 무엇보다 곁에 없는 무엇이 그리운 것일까. 나는 권태로운 일상에 뭔가 하나쯤 끝장을 봐야 할 일이 있다고 작심한 것일까. 적선동에서 동대문까지 나의 걸음만큼 느리게 해가 저물어갔다. 그날도 나는 일신상의 이유에 대해 설명하지 못했다. 그 후 많은 시간이 흘렀지만, 아직도 나 자신에게조차 일신상의 이유를 정확히 이야기할 수 없다.

담는 것, 담기는 것

황지우 시인의 시 「어느 날 나는 흐린 주점에 앉아 있을 거다」에 "뚱뚱한 가죽부대에 담긴 내가, 어색해서, 견딜 수 없다"라는 구절이 있다. 나는 시장에서 바나나 담은 검은 비닐봉지를 받아들다 그 시를 떠올렸다. 내 몸이 가죽부대가 아니라 검은 비닐봉지라면 어떤가. 그러면 오늘의 나는 필리핀산 바나나의 달콤한 냄새를 스멀댄다고 말할 수 있겠지. 그저께의 나는 고등어 비린내를 자아냈고, 어제의 나는 시금치에 묻어 온 흙냄새를 풍겼다고 얘기할 수 있겠지. 어쩌면 내일의 나는 이것저것 뒤섞인 쓰레기 냄새를 퍼뜨릴지 모르고.

결국 자유 의지라면 무엇을 담느냐, 하는 것일 테고 결정론자의 인생관이라면 무엇이 담기느냐, 하는 것이다. 둘 중 어느 쪽이든 검은 비닐봉지 같은 나를 규정하는 것은 그 안에 담거나 담기는 무엇이다. 나중에 아무렇게나 구겨져 버려질지언정 나의 고민은 지금 내 안에 무엇이 들어 있느냐, 하는 것이다. 이리저리 나풀댈 만큼 가벼운 내가 어떤 무게로 한 시절 슬그머니 냄새를 피우고 있느냐, 하는 것이다.

약력은 약력일 뿐

　똑같은 영화를 반복해서 보는 경우가 있다. 다시 볼 때마다 이전에 놓친 디테일을 발견하는 재미에 줄거리를 뻔히 알면서도 거듭 몰두한다. 단언컨대, 한 편의 좋은 영화는 줄거리만으로 설명할 수 없다. 배우의 스쳐 지나가는 표정과 한 줄의 대사와 감독이 계산해놓은 어느 장면의 미장센 등이 정밀하게 어우러져 영화가 완성된다. 하물며 우리의 인생이야 말하나 마나다. 어떻게 다사다난한 한 인간의 삶을 대충 줄거리만으로 이해할 수 있나.

　누군가의 약력을 보면서 문득 드는 생각이 있다. 어디에서 태어나 어느 학교를 나오고 무슨 일을 해왔다는 몇 줄의 내용이 이 사람의 생애를 온전히 설명할까? 이 사람의 희로애락은 다 어디에 쓰여 있을까? 약력은 약력일 뿐, 그것이 결코 한 인간의 전 생애를 헤아리는 통사(通史)일 수 없고 요점(要點)일 수 없다. 편의와 필요에 따른 발췌이고 대략의 줄거리일 따름이다. 한 편의 영화가 겨우 줄거리로만 기억된다면 머지않아 줄거리조차 까맣게 잊히고 만다.

그곳이 어디든

산속에 사는 사람이 정원을 가꾼다. 집 마당에다 소나무를 키우며 가지치기하고 꽃 피는 한해살이 화초를 가득 심는다. 드넓은 자연 정원에서 자기만의 인공 정원을 만들어가는 것이다. 그는 그 과정과 결과를 부지런히 촬영해 블로그에 올린다.

그의 마당에는 애써 파놓은 연못도 있다. 집 마당과 가까운 곳에 시냇물이 흐르지만, 그는 연못을 만들어 비단잉어를 풀어놓았다. 연못 옆에는 근사하게 정자를 세워 '無心堂'이라는 현판도 올렸다. 그는 100만 호짜리 자연 그림 액자 안에 10호짜리 자기만의 인공 그림을 걸어둔 셈이다.

나는 그 사람이 왜 굳이 산속에 들어갔는지 궁금했다. 인간의 욕망은 달라질 뿐 절대로 사라지지 않는다는 뼈아픈 진리를 되새겼다. 산속이든 저잣거리든 관건은 사람의 생각과 마음이다.

행복한 계산

하루가 다르게 물가가 뛴다. 월급 빼고 다 오른다는 푸념이 영 흰소리는 아니다. 나 역시 원고료는 10여 년 전과 다름없고 책은 팔리지 않아 머릿속이 복잡해지고는 한다. 그러다가 곰곰이 생각해보았다. "세상에, 이만큼의 돈에 이렇게 큰 가치가 있다니!"라고 할 만한 경우는 없을까?

100만 원으로 따져보았다. 100만 원이면 어지간한 가구의 한 달 생활비로도 턱없이 부족한 돈이다. 그런데 2022년 기준 대한양계협회 자료를 보면, 일반 병아리 한 마리 가격이 조류독감 파동으로 많이 올라 900원 안팎이다. 즉 아직도 100만 원으로 1,110마리의 병아리를 살 수 있다는 말이다. 점심 한 끼 사먹으려고 해도 1만 원이 드는 시대에 얼마나 놀라운가. 100만 원만 있으면 병아리 1,110마리의 노란 옹알이를 가질 수 있다니. 물론 이 계산에 사육 비용은 전혀 들어 있지 않다. 하지만 그것은 사업의 개념일 뿐, 나는 그저 또 다른 돈의 가치를 이야기하고 싶을 따름이다. 잠깐이나마 100만 원이 1,110마리의 생명일 수도 있다는 행복한 계산을 해보는 것이다.

성선설보다 성악설

저마다 견해가 다르겠지만, 이분법으로 나누기 어려운 면이 있지만, 나는 성선설보다 성악설에 더 설득력이 있다고 본다. 인간은 탐욕과 이기심과 몰염치를 가득 안고 태어나 평생 그것을 순화하고 제어하며 살아간다. 거기에는 교육과 자성(自省)이 중요한 역할을 하는데, 모든 사람에게 교육의 효과와 자성의 수준이 똑같지는 않다. 그래서 세상이 뒤죽박죽 요지경인 것이다.

성악설에 대한 믿음은 동물들을 보면서도 굳어진다. 맹수만 사나운 것이 아니다. 토끼가 토끼를 물어 죽이고, 오리가 오리를 쪼아 죽인다. 토끼와 오리는 교육받지 못하고 자성하지 못한다. 나는 인간과 동물의 거리가 멀지 않다고 생각하는 쪽이다. 설령 교육받고 자성한다 해도 천성을 탈바꿈하는 것은 불가능에 가깝다. 살의(殺意)까지는 아니더라도, 인간은 번번이 발톱을 세우고 이빨을 드러낸다.

관성의 지겨움

하루하루 나이를 먹어가는 것이, 이를테면 관성이다. 어제도 다니던 길을 따라 출근했고 오늘도 그 어법과 그 발성법으로 이야기한 것이, 이를테면 관성이다. 툭하면 스마트폰에 저절로 손이 가는 것도, 여전히 내가 나를 조롱하는 버릇을 버리지 못하는 것도 다 관성 탓이다. 물리학의 원리 그대로 인생의 질량이 늘어갈수록 관성도 커진다.

한낱 인간이 관성의 법칙을 피할 도리는 없다. 태양도 지구도 달도 수십억 년째 궤도를 이탈하지 못하니까. 제 맘대로 돌아서지도 멈추지도 솟아오르거나 꺼지지도 못하니까. 나는 죽는 날까지 자고 씻고 먹고 싸고, 시도하고 실패하고 다시 시도하고, 싸우고 화해하고 다시 미워하고, 벌고 쓰고 쫓기고 쫓고, 가끔 웃고 종종 울고 대부분 공허한 나의 관성에서 벗어나지 못할 것이 틀림없다. 오래전에 김중식이라는 괜찮은 시인이 말했다. "우리는 어디로 갔다가 어디서 돌아왔느냐 자기의 꼬리를 물고 뱅뱅 돌았을 뿐이다"라고. 인생의 관성이 그렇다.

뿌린 대로 거두기

한창 술 마시고 다닐 적에는 집에 들어오자마자 쓰러져 잠들기 바빴다. 손발이나 씻고 잤지 이 닦기는 건너뛰기 일쑤였다. 그런 세월이 쌓이고 쌓이다 마침내 내 영구치에 문제가 생겼다. 어느 날 갑자기 물만 마셔도 이가 시리고 아팠던 것이다. 나는 병원이라면 지레 손사래부터 치지만, 사태가 그쯤 되고 보니 제 발로 치과에 갈 수밖에 없었다. 치과 베드에 누워 몽롱한 두려움을 느끼면서 나는 나를 반성했다. 이런 것을 두고 뿌린 대로 거둔다고 하나. 그래도 어느 면에서는 다행이지 싶었다. 세상에 원인과 결과가 딱 맞아떨어지지 않는 일이 얼마나 많은가. 누구는 별 노력도 없이 큰 성과를 얻고, 또 누구는 딱히 잘못한 것도 없는데 곤란에 빠지는 경우가 허다하지 않은가. 그러니 나의 부주의와 게으름이 가져온 고통은 세상에 아직 인과(因果)의 정의가 살아 있다는 반증이기도 했다.

분재는 싫어

누군가에게는 고상한 취미겠지만, 나는 분재를 좋아하지 않는다. 땅에서 제 몫만큼 충분히 자랄 나무를 소인국의 그것처럼 가꿔놓은 모습이 내 눈에는 조금도 아름다워 보이지 않는다. 작은 화분에 뿌리를 가두고 가지를 길들여 사람의 의도대로 생장을 좌지우지하는 것이 영 마음에 들지 않는 것이다.

나무들은 왜 비좁은 화분 안에서도 살아남으려 안간힘을 쓸까. 차라리 금방 말라죽어버리면 분재라는 것이 만들어지지도 않았을 텐데. 철사를 묶고, 가지치기를 하고, 뿌리를 이리저리 뒤틀어도 살아남고야 마는 생명력이 나무들의 굴욕을 초래한 셈이다. 티눈 박인 가지에서 잎들이 룸펜으로 자라나 새 한 마리 찾아들지 않는 외로움의 숙명도 그 질긴 생명력에서 비롯된 셈이다.

유신론의 관점에서 보면, 나도 하느님의 분재인지 모르겠다. 어떻게든 살아내려는 나의 생명력이 지금의 나를 만들었다. 나는 아름답지 않고, 보잘것없이 억제되어 사유(思惟)만 폭발한다. 참, 어떤 소설에서는 아돌프 히틀러가 분재로 환생하던가?

나의 기억과 너의 기억

옛일을 떠올리다가, 그 사람도 그 일을 기억할까 궁금할 때가 있다. 그러다가 곧 세상에 그만큼 부질없는 상상도 없다고 되뇐다. 같은 시기에 같은 공간에서 같은 경험을 해놓고도 멋대로 편집하고 왜곡해 제각각 기억하고 싶은 것만 기억하는 것이 인간이니까. 나의 사실이 어쩌면 그에게는 거짓일 것이다. 나의 환멸이 어쩌면 그에게는 그리움일 것이다. 똑같은 날씨였는데, 나는 비가 내렸다고 말하고 당신은 눈이 내렸다고 말한다. 나는 기다렸는데 당신은 떠났다고 얘기한다.

내가 기억하는 만큼 나를 기억하지 않아도 상관없다. 기억의 속성은 어차피 비대칭이니까. 사랑이 그렇듯, 미움이 그렇듯. 내가 기억하는 대로 기억하는 타인은 없다. 타인이 기억하는 대로 나는 기억하지 않는다. 서로가 가진 기억의 안주머니에 전혀 다른 그날의 파편들이 들어 있다. 우리는 교신(交信)하지 못한다.

절망에 대처하는 법

이솝 우화 「여우와 신포도」는 아이들보다 어른들이 곱씹어볼 만한 내용이다.

굶주린 여우 한 마리가 먹을거리를 찾다가 포도밭을 발견했다. 그런데 포도가 너무 높이 달려 있어 아무리 애를 써봐도 닿을 수 없었다. 그러자 여우는 "쳇, 저 포도는 너무 시어서 어차피 먹지 못할 거야."라고 중얼거리며 그곳을 떠났다.

여우가 실제로 포도를 먹는지는 모르겠으나, 이 이야기에는 간단치 않은 삶의 교훈이 담겨 있다. 「여우와 신포도」는 인생에서 맞닥뜨리는 여러 절망의 순간에 자기 합리화가 필요하다고 말한다. 대체로 승리보다 패배에 더 자주 맞닥뜨릴 수밖에 없는 세상살이에서 자기 스스로 위안하지 않으면 삶을 지속하기 어렵다. 따라서 너무 먹고 싶은데 먹을 수 없는 상황에 계속 괴로워하기보다는 그렇게 자신을 설득, 또는 기만해서라도 인지 부조화를 해결하는 편이 낫다는 것이다. 절망을 극복하려면, 때로는 그 현실을 애써 하찮게 여기는 지혜가 필요하다.

인생관이 있다면

공상 과학 같은 상상력을 발휘해본다. 도서관처럼 인생관이 있으면 어떨까? 사람들이 책을 빌리듯 인생을 빌려올 수 있다면 어떨까? 자기 인생이 지겨울 때, 가슴이 뻥 뚫린 듯 허전할 때, 나 아닌 것이 그리울 때, 사람들은 인생관으로 가서 지금까지와 다른 인생을 빌린다. 자기 자신이 너무나 창피할 때, 좀처럼 내달리지 못해 화가 날 때, 나 아닌 것이 근사해 보일 때, 사람들은 누구나 인생관에 가서 내가 없는 삶을 빌려올 수 있다. 그러면 기쁠까, 슬플까?

어차피 다시 돌려줘야 할 삶이니, 괜히 이랬다저랬다 골치만 아플 테니, 슬플까? 새로운 이야기가 펼쳐질 테니, 굳이 지난 이야기는 기억하지 않아도 될 테니, 기쁠까? 내 곁의 사람들을 전부 바꿔야 하니, 처음 겪는 낯설고 신기한 일이 가득할 테니, 기쁠까 아니면 슬플까?

아이고! 아무래도 나란 인간은 부질없는 생각이 너무 많다.

달아실에서 펴낸 조항록의 책

시집 『나는 참 어려운 나』(2023)

방구석 생각 일기

아무것도 아닌 아무것들

1판 1쇄 발행	2023년 11월 17일

지은이	조항록
발행인	윤미소
발행처	(주)달아실출판사

책임편집	박제영
디자인	전부다
법률자문	김용진, 이종진

주소	강원도 춘천시 춘천로 257, 2층
전화	033-241-7661
팩스	033-241-7662
이메일	dalasilmoongo@naver.com
출판등록	2016년 12월 30일 제494호

ⓒ 조항록, 2023

ISBN : 979-11-91668-95-7 03810

이 책의 일부 또는 전부를 재사용하려면 반드시 저작권자와 (주)달아실출판사
양측의 동의를 얻어야 합니다.

• 잘못된 책은 구입한 곳에서 바꿔드립니다.
• 책값은 뒤표지에 표시되어 있습니다.